其樂融融隨緣適性（代序）

戚宜君

就客觀而言，人生有追求快樂的權利；就主觀來說，人人都有使生活過得快樂的義務。

一切順遂的時候，自然就會興高采烈，笑逐顏開，躊躇滿志，樂不可支；但是遭遇阻礙或困阨時，與其愁腸百結，憂心忡忡而於事無補，何不抖擻精神，笑口常開的面對挑戰，反而會增加無限的信心與勇氣，大可化危機為轉機呢！

一般人咸認快樂的因素不外乎是：身體無病痛、心靈無憂慮、為所當為、沒沒無聞和壞的記憶力。羅馬人則堅信：「世上最快樂的人，就是那些在最富貴或最貧賤的環境中，仍能處之泰然的人。」英國人卻強調：「快樂祇是一種想法，也是一種德性，祇要你想要使自己快樂，剎那之間你就真的快樂起來了。」國人一向服膺「知足常樂」的道理，指出：「不妄求，則心安；不妄作，則身安。」身心既安，焉有不樂之理？

大千世界，多彩多姿，能夠引起人們心花怒放的事物與狀況俯拾皆是；由於人之不同各如其面，或熱中於大快朵頤、或醉心於名山大川、或希望祿位高遷、或渴求出頭露臉、或期盼自我的實現以及崇高節操的完成，林林總總，不一而足。比較實際的人，製作了一襲新衣，或獲得一件心愛的東西，就能使他喜上眉梢，樂哈個半天；至於情操高華的人，像是文天祥的求仁得仁，史可法的死守揚州，都認為是超凡入聖的人格凸顯，遂能感到無比的快樂。

有人把快樂比作香水，向別人灑得越多，自己也必會沾上幾滴。換言之，如果把香水盡往自己身上噴灑，反而是「人在香中不聞香」矣！唯有向別人身上噴灑，自己才會聞到濃郁的香氣，看似愚不可及，實際則是大佔便宜呢！基於此項原理，大可不遺餘力的幫助別人獲得快樂，在別人綻開的笑靨與感謝的言語中，自己就會受到強烈的激勵與感染，想不快樂也難啊！常見世人力行「六好」，亦即存好心、說好話、做好事、讀好書、交好友、樹好樣。慈悲為懷，與人為善，助人為快樂之本，信然歟！

《菜根譚》上云：「天地不可一日無和氣，人心不可一日無喜神。」上天有好生之德，陽光普照，甘霖無私，德澤廣被萬物；大地負載萬物更孕育萬物，猶如一位慈祥的母親，對人類更是恩寵有加。天地展現出豐沛的和悅氣象，人類更應仰體其美意，愉快的徜徉在天地的懷抱之中；和樂的心情，就是滋養健康身體的仙丹妙藥。

獨樂樂不如眾樂樂，務必使週遭的人都能快樂起來，自己所獲得的快樂方可互相激盪而更加豐碩。愛情的歡娛，必須要有男女雙方來完成；友情的溫暖，勢須彼此的欣賞與關愛；建功立業和贏得美好的令名，尤其需要眾人的搭配合作。孤芳自賞式的歡樂，直如水上的浮萍，漂漂蕩蕩而了無依託；久而久之必然會感到嗒然若失而索然無味。唯一的辦法便是設法與別人契合，契合的範圍愈廣、層面愈多，所獲得的快樂也就愈大、愈深而愈久。

每一個人都是建造自己快樂人生的工程師，須知：快樂並不存在於金錢及所有器物之中，而是存在於不屬於手製的東西裡面。或者可以說：快樂就是完美，追求完美才是快樂的極致。值得警惕的是：月圓則缺，物極必反。據說一世之雄的亞歷山大，因發現世界上無再值得征服的國家時，竟然愴然落淚，悲泣不已，空虛寂寞的情緒油然而生，惘然若失的感覺自不待言。

任何能夠使人快樂的因素都有其極限，如何巧妙的拿捏俾使其細水長流，而始終處於升弧的狀態，避免達到頂點而出現急轉直下的降弧，就要依賴高度智慧的適應了。其實《禮記》上早有記載云：「傲不可長，欲不可縱，志不可滿，樂不可極。」凡事務須留有轉圜的餘地，方可運用自如，而不至於走入死胡同而進退失據。一個懂得調節享樂的人，永遠不會受制於歡樂，他可以隨時中止，也可以隨時恢復，以期所得到的快樂是身心的舒暢，而不是愈陷愈深的毀身迷惑。

有一項必須具備的先決條件是：既然人人都是建造自己快樂人生的工程師，理應大力培養自己的高尚品味與欣賞能力，方可別具慧心，建造一座美輪美奐人生園囿。同樣是一輪明月，有人望月遐想，逸興遄飛；有人卻認為比不上一個可以充飢的燒餅而興味索然。同樣是一首詩，有人讀之深受感動，甚至涔然淚下；有人則無動於衷而棄如敝屣。倘若沒有高尚的品味與欣賞的能力，勢必會錯過許多動人情與的因子，又如何來建造自己快樂的人生呢！《左傳》上云：「有德則樂，樂則能久。」所謂的「德」涵意至廣，當然也包括了高尚的品味與欣賞的能力。

富蘭克林說：「幸福生於知憂，禍患起於逸樂。」儘管每天都應該興致勃勃的快樂生活，隨時以蓬勃的心情迎向光明；然而困阨與艱難仍然存在，陰暗的影子依舊緊隨在身後。雖然無所畏懼，但卻不能否定其存在的事實；因此，必須要有居安思危的危機意識，以便加以因應及克服；尤應在享受快樂的程度上知所節制，以免渾忘所以而禍起蕭牆，遂至於措手不及而遺憾終生。

快樂的程度與範圍至為廣泛而複雜，大體可分為肉體與心靈兩方面的感受。譬如高樓華廈、錦衣玉食、聲色犬馬、位尊名顯、富貴榮華、隆情厚誼、妻賢子孝、身強力壯和諸事順遂等，有些是純肉體上的美好享受，有些則是純心靈上的奇妙感覺。然而肉體上既然暢通，心靈上自亦愉快無比；反之如果心靈感到忻悅，肉體上亦必舒泰無疑。事實上在引起快樂感覺的事事物物，殊難明確的劃分，既能撩起肉體上的欲望，亦能滿足心靈上的需求。

任何事物都有其極限與飽和點，貪得無厭往往會遭到適得其反的效果。美酒微醺最佳，如果酩酊大醉反而會失態傷身；好花半開最艷，倘若戀之不捨直至爛開凋謝反而興味盡失矣！其他珍饌、錦衣、華屋、權位、財富、情誼及際遇等皆可作如是觀。蕭伯納說：「人生有兩大悲劇，一是得不到他所想要的東西，還有就是得到了他所不想要的東西。」說法雖然太過主觀而更顯得偏激，但是其間卻隱含至理，務必要適可而止，勿過苛求為宜。

自得其樂，不如與人同樂。自身所能採擷的快樂因子和製造的快樂氣氛畢竟有限，倘能與他人合作，所能捕捉到的快樂因子必然大為增加；而互相激盪出來的快樂氣氛亦必定更加濃郁，得到的效果自然也就更加豐碩；幸福無量，其樂融融的生活狀貌與生命內涵，當然就會不期自成矣！

心靈的花朵

目次

文藝是心靈的花朵

「文藝」就是文化與藝術的綜合體，內容包括了詩歌、散文、小說、戲劇、音樂、繪畫、雕塑、舞蹈等一切精神方面的活動與創造在內。

大體言之，宇宙之間的學問，不外乎兩大範疇：一為科技，一為文藝。科技的突飛猛晉，日新月異，固然使人類的物質生活獲得了大幅度的改善及便利；然而吃飽穿暖之後，人類的精神生活，就必須依賴文藝的功能，來予以充實及提昇了。

物質條件的充裕及滿足是為了「維生」的需要，精神層面的滋潤與怡情，則是為了「養生」的調適。一般動物顯然是祇知「維生」而不知「養生」；祇求獲得維持生命存在的基本需要，而毫無美化生活的細緻標準。

人為萬物之靈，不祇要求能夠吃得飽、穿得暖、住有屋、出有車而已。而且還要講求食物的色、香、味俱佳；衣服的質料、款式、花色，都要美觀入時；住屋的外觀、裝潢、佈置、陳設，務必要豪華而氣派；而車馬的華美、色調、舒適及速度，幾乎到了十分挑剔的程度；至於其他方面的保育及康樂方面的要求，更是林林總總，不一而足。

時代愈進步，人類精神層面的需要及滿足，也就越發精緻而多樣化。眼睛要能看到美麗的事物，耳朵要能聽到曼妙的音響，鼻腔要能聞到芬芳的氣息，嘴巴要能嚐到人間的美味，身體百骸要能感受到恬適與愉悅，心靈和意緒要能處於綺媚華麗的狀態中，這一切似乎都必須透過文藝的手法及管道方能奏功。

最初的文藝創作範圍，不外乎是歌頌大自然的旖旎景象，模仿大自然的多彩多姿；因而落紅點點是綺麗的詩篇，夜空的繁星是錦繡的文章，百花競艷是絢爛的畫幅，而風嘶、鳥語、松濤、海韻何嘗不是動人的樂章，至於幽壑、奇峰、湖沼與河川大約就是造物主鬼斧神工的雕塑了吧。

人類社會的結構及交往逐漸密切和複雜了起來，文藝的面貌和表現手法也就愈益提昇，它不祇是歌頌大自然、模仿大自然，更兼具了美化人生與改善生活品質的重大任務。對於人與人之間依存關係的調適，社會互助合作架構的落實，風俗習慣的傳承和改良，歷史文化的保存及發揚，均有賴文藝的力量去加以維護、催化、融合及激揚。

新近為世界潮流所趨的影響，文藝作品更與大眾傳播媒體相結合，不祇是要忠實的、概括的反映時代的面貌，更要機敏的、快速的掌握大地的脈動；對於光怪陸離的周遭現象，進行嚴正的評估和批評，尤其要能提出前瞻性的訊息，勾畫出未來發展的藍圖，說服群眾，感動群眾，領導群眾，期能走向美好的明天。

動人文采，震魂懾魄，豈止是千古流徽，兼亦可永垂不朽。〈易水吟〉慷慨悲壯，秦始皇為之魂飛魄喪；「約法三章」簡明扼要，三秦之地一鼓而下；〈出師表〉義烈千秋，令人油然而生忠君愛國之念；〈討武曌檄〉義正辭嚴，針針見血，處處擊中武后的要害，使得目空一切的女皇帝不但凜然而驚，而且更是擊節嘆賞不已；〈正氣歌〉滿腔大節血忱，驚天地而泣鬼神；〈成吉斯汗西征行軍歌〉鬥志昂揚，聲震山岳，泰西士民為之肝膽俱裂；〈滿江紅〉氣壯山河，金人莫敢攖其鋒；〈覆多爾袞書〉豪氣干雲，攝政王為之瞠目結舌；「抗戰到底」四個字，使得炎黃子孫咬緊牙關，堅苦卓絕，奮鬥不懈，遂贏得了最後的勝利；而「莊敬自強，處變不驚」的召喚，更激勵了中華兒女在艱彌厲，不畏風雨的韌性，遂能衝破橫逆，愈挫愈奮，歷險如夷，平安的渡過了重重的難關，這便是文藝驚人力量的具體展現。

華夏如此，外邦亦然。「天佑吾王」使盎格魯撒克遜民族總覺得會受到上天格外的庇佑，而堅定了他們「日不沒國」的開拓意念；「楓葉常青」激勵著加拿大人，努力進取的開創熱情；「燦爛的星條旗」迎著旭日曉風飄揚，使得身陷絕地的美國軍人，士氣昂揚的轉敗為勝，終於贏得了獨立戰爭；「日爾曼民族是上帝的選民」，使德意志人民總覺得比別人優秀，遂能快速的一次又一次的從廢墟中復興起來；「櫻花似火紅」簡直就像是一團烈火，燃燒起大和民族蓆捲東亞的野心；而一首「馬賽曲」更使得法蘭西的鬥士們義無反顧，爭先恐後的迅速進軍巴黎。以上祇不過是略舉世界各國的國歌之中的一句歌辭，便足以證明文藝所能產生的磅礡氣勢，倘若有計畫的予以連番運用，其效驗之宏大是不難想像的。

從先民部落的圖騰，到現代國家的國旗，以及一個團體的標誌，無非都是用文藝的手法，以色彩及圖像，來表達或凸顯一種信守不渝的鮮明意念，而「國花」的選定，尤其具有特殊的意義，大約都是以鮮花的特性，來象徵及詮釋一個國家的民族性吧！按照「國花誌」的資料可知：英國（玫瑰花）、法國（百合花）、義大利（雛菊）、西班牙（橙花）、美國（山楂花）、德國（矢車菊）、加拿大（槭木葉）、希臘（橄欖花）、瑞典（睡蓮）、印度（罌粟花）、土耳其（康乃馨）、日本（櫻花）、韓國（木芙蓉）、巴西（蘭花）、菲律賓（茉莉花）、葡萄牙（雁來紅）、伊朗（鬱金香）、秘魯（向日葵）、墨西哥（仙人掌）、智利（紅鈴蘭）、奧地利（椿樹），而我國的國花則是堅忍耐寒、高潔清香的梅花。

文藝創作不同於歷史的紀錄，除了反映時代的面貌而外，還有一種勸善懲惡、移風易俗的偉大使命；乃至提昇生活品質，主導人類未來生存發展的方向，都是文藝工作者無可旁貸的職責。

文藝創作是一種千秋事業，所謂「筆落驚風雨，詩成泣鬼神」，必須心存大愛，立場超然，走在時代的前面，掙脫物慾的誘惑；以宗教徒般的堅貞情操與信念，從事美化人生、淨化人生、反映人生、充實人生、創造人生及傳承人生的文藝作品，以期敲開人們的心扉，溫暖人們的心靈，進而耕耘人們的心田，綻放出美麗的「心靈花朵」。

文心與世風

世界上儘管有不穿衣服的民族，卻沒有不需要文藝的民族；證諸非洲的黑人、美洲的紅人以及近在咫尺的蘭嶼山胞，當知言之不謬也。

所謂文藝，自然是包括所有的文學與藝術在內，像是：詩歌、散文、小說、音樂、舞蹈、戲劇、繪畫、雕塑等，都與每個人的日常生活息息相關；隨時隨地都在享受著文藝的薰陶與服務，也無時無刻不在從事文藝創作的活動。倘若在人類社會中，突然抽去了文藝的成分，恐怕比禽獸的世界還要糟糕十倍呢！

說是每個人都在享受文藝更在創作文藝，聽起來似乎不可思議，事實上卻是千真萬確的狀況。譬如：閱讀報刊、欣賞電視、收聽廣播、接受教育，以及家庭的佈置、衣服的款式、遊覽名勝古蹟、一切休憩活動等，無一不是文藝活動。說到創作文藝方面，例如：研擬書牘、函件交往、哼哼唱唱、手舞足蹈、寫寫畫畫，以及從事琴、棋、說、演等興趣的鑽研，豈不都是在從事文藝創作嚒？

看來每個人都生活在文藝中，又都是文藝的創作者，已經成為不爭的事實；然則人世間有許多工作要做，當然每個人不可能都成為作家、畫家、音樂家、舞蹈家與演藝人員，但是卻不能對文藝採取漠視的態度；而必須給予相當程度的關心與瞭解，必然會使你的生活過得更加多彩多姿，充實而美好。

有人說：「使用紙張的多寡，可以判斷一個社會的文明程度。」同樣的道理：運用色彩的變化與使用音域的寬狹，也代表著一個民族的進步狀況。大凡在公共場所大聲喧嘩或吆喝者，不消說必然是缺乏文藝薰陶，而又不具文藝素養的群眾；準此推論：倫理蕩然、社會脫序、人際關係疏離、充滿暴戾之氣，究其根本原因，還在於文藝力量沒有受到應有的重視；由於文藝力量無由發揮，才造成世風日下，人心糜爛的嚴重後果。

拚命的追求物質享受，疏忽了性靈生活的安排，使得現代人在豐衣足食，腦滿腸肥而外，精神生活卻是一片空虛與蒼白。根據有心人士的冷眼觀察，發現人類快速發展的結果，目前所面臨的重大危機約有八項：一是人口爆炸；二是環境污染；三是現實功利思想；四是情緒衰落；五是青少年犯罪；六是兩代代溝；七是大眾資訊氾濫；八是核子武器的威脅。這一切的一切，似乎可以歸結成一句話──「人類社會真的是生病了」，而醫治社會病態的唯一仙丹妙藥，厥惟文藝是賴。

文藝是心靈的工程師，是思想的防腐劑。文藝的面貌是反映時代的形象、紀錄時代的活動、規劃時代的遠景與主導時代的發展。文藝的功能是激揚人類的愛心、砥礪人類的美德、陶冶人類的靈性和充實人類的生活。而文藝的價值又可分為兩方面來看，就個人而言，可以美化人生、滿足人生、提昇人生到完成人生；就社會大眾而言，可以和諧社會、關懷社會、豐富社會與改造社會。

大凡文藝的欣賞與創作誤入歧途的時代，則公理不彰，正義蕩然，世風萎靡不振，國步艱難萬狀；一旦文藝的欣賞及創作回歸正軌，要不了多久工夫，人心轉趨一片蓬勃奮發，世道轉趨清明尊榮，人與人之間和樂融睦，整個社會及國家更會呈現出欣欣向榮的景象。

然則，究竟何謂文藝發展的正常途徑呢？中外古今均有其一成不變的軌跡可資遵循：第一是符合傳統文化的文藝——感恩的、倫理的、仁愛的、和諧的內容，均不可或缺。第二是符合健康要求的文藝——美好的、向上的、建設性的、開創性的內容，俾使妥收正面效果。第三是闡釋光明面的文藝——莊潔的、高華的、仁慈的、善意的內容，足以昂揚奮發的心志。第四是闡揚真理的文藝——正氣的、節義的、磊落的、坦蕩的內容，常能移風易俗，激勵人心。

最高明的家長、最有創意的團體負責人、最有見地的領袖人物，必然會發現到培養所屬成員的文藝氣質、鋪排美好的文藝環境、製造濃郁的文藝氣氛，勢必會有助於「家風」的建立、團隊精神的凝聚與社會風氣的提振，至於增進團結，促進和諧，振奮士氣等，猶其餘事耳。

文藝的特性與功能

「文藝」是「文學」與「藝術」的簡稱。「文學」泛指一切文字之記載均屬之，像是詩歌、散文、小說等不一而足；「藝術」則含有技藝的成分，旨在表現內在的思想，像是書畫、音樂、舞蹈、建築、戲劇等比比皆是。

按照通俗的認定，有所謂「廟堂文藝」、「山林文藝」、「田園文藝」、「鄉土文藝」、「市井文藝」、「商業文藝」或「象牙塔裏的文藝」等，祇是粗枝大葉的加以分類，不足以闡明文藝的特性及功能；或者依時間的先後與表現的手法，有所謂「古典」、「現代」、「未來」、「印象」、「浪漫」、「寫實」、「抽象」等派別，亦無法詮釋文藝的特性與功能。

大體言之，「文藝」是透過文字、聲音、色彩、形象與動作，來表達內心的理念及願望，具有潛移默化的特質，更妥收主導時代的功能。大凡文藝創作內容灰澀頹廢，零亂無章之際，世道人心亦隨之江河日下，一發而不可收拾；倘若文藝風氣低迷不振，誨淫誨盜的作品充斥，時代的悲劇與人類的浩劫亦將無可避免，幾乎與禽獸世界沒有多大的差別矣！

人之異於禽獸者幾希，見仁見智，著眼及說法各有不同。或云人類有靈明的頭腦與萬能的雙手，能夠創造發明，改善人類的生存環境。或云人類懂得禮義仁愛，彼此忍讓恕諒，互助合作，遂營造出融睦和樂的生活形式。其實最重要的關鍵因素，乃是人類有「文藝」創作，無限制的提昇了精神文明，從而也豐富了生存的意義，精緻了生活的品質和面貌。

人類靈明的頭腦與高超的智慧，用之於物質方面就是不斷的接受大自然界的挑戰，逐步贏得輝煌的勝利；俾使天地萬物皆為人類所備，更使天地萬物乖乖的為人類所用。然而物質享用愈見豐沛，精神享用反而日趨貧乏，於是憑恃靈明的頭腦與高超的智慧，更向文藝範疇大力開發，令人心曠神怡，怡情悅目的「文藝」作品便源源不斷的被發掘出來，使得人類的精神生活與物質享用相得益彰，快樂幸福的願望，才算是真正有了堅實的基礎。

「文藝」的特質，簡言之就是至真、至善、至美；從而衍生出敬天法祖，感恩戴德的情懷；啟迪良知，運用良能的認識；合群營生；互助合作的需要；以及取長補短和獎善懲惡的觀念；凡此種種皆屬文藝功能的具體效果。

原始人類穴居野處，與禽獸的生存環境及生活方式沒有什麼差別，但是人類會結繩記事，會刻刻畫畫或塗塗抹抹，高興時會哼唱吆喝更會手舞足蹈，還會以音響傳遞訊息，更會運用聲音和表情來凸顯內心的喜怒哀樂，這些都是「文藝」原始的表現手法。

「文藝」表達的意義越來越精緻，「文藝」表現的手法也愈來愈多元化，為了把至真、至善、至美發揮得淋漓盡致，於是便產生了家族、部落、政治、經濟、教育、宗教、法律、貿易等結構和組織，分別運作，彼此呼應，人類社會的互助合作，國家民族的蓬勃發展，追本溯源都是「文藝特性」所產生的功能。

人類社會的一切典章制度，「文藝」的確是唯一的源頭活水，萬變不離其宗，無非是謀求人類生存與生活的幸福快樂，捨至真、至善、至美的目標與理念，則其道無由也。試看「文藝」講求倫理道德，因而出現了家族及部落的組合；「文藝」熱中於安定繁榮，因而出現了政治和經濟的實務工作；「文藝」著重責任使命，因而出現了教育和宗教的陶冶；「文藝」強調有條不紊，因而出現了法律的規範；「文藝」企求和樂共處，因而出現了經濟的作為。

如此看來，「文藝」實在是人類進步的核心動力，一切的進步與創新，「文藝」均扮演著主導的角色。家族有了「文藝」的成分則父慈子孝，政治有了「文藝」的理念則德澤廣被，教育有了「文藝」氣氛則春風化雨，經濟有了「文藝」作法則富裕安康，宗教有了「文藝」氣息則易入人心，法律有了「文藝」宗旨則以德化人，貿易有了「文藝」作法則合作無間。歷朝歷代凡是重視「文藝功能」者，莫不風調雨順，國泰民安；凡是漠視「文藝功能」者，無不洶洶然、滔滔然，不旋踵便歸於寂滅。中外皆然，毫無例外。

晚近功利主義盛行，為達目的而不擇手段，價值觀念的嚴重扭曲，使得是非不明，善惡混淆，悖離了求真、求善、求美的傳統作風，原本至真、至善、至美的「文藝特性」，遂遭受到空前的冷落。於是世風日下，人心不古，虛偽狡詐，浮滑躁切；甚至強取豪奪，倒行逆施，自私自利，胡作非為，無所不用其極；於是家族解體，人際關係疏離，政治紛爭不已，教育效果不彰，宗教有心無力，法律也時有捉襟見肘的窘態出現。

或許會有人說：「文藝衹是人生的裝飾品，饑不能食，渴不能飲，無補於實際，僅止於錦上添花而已。」更有人說：「文藝不能單獨存在，必須與政治結合才有施展的空間，必須與宗教結合才有神異的靈氣，必須與商賈結合才有支撐的力量，必須與群眾結合才有蓬勃的生命力；萬萬不可自我欣賞，自我陶醉，怕就衹有窮然潦倒，一籌莫展的份了。」看似不無道理，實則是倒因為果的說法。

人類忽視了「文藝」或曲解了「文藝」，不啻就是悖離了至真、至善、至美的信念，一切的亂源皆由此而生，當一切的改善措施皆不易收到效果時，何不從重視「文藝」著手，倘能有效提振「文藝」的力量，必可收立竿見影之效。

正確說來，「科技」應該是屬於「人道」的範疇，「文藝」則是代表「天道」的宗旨。人類的一切組織架構與典章制度，必須是秉承「天道」的意旨來約制「人道」的作為，否則便會形成捨本逐末、治絲益棼的局面，事實顯而易見，豈可等閒視之。總之，在人類的生存發展與生活品質中，「文藝」絕對是處於主導的地位，豈可視之為幫閒的角色！

文品出於人格

文章以立意為主，辭藻僅供其役使而已，與其煞費周章的斟字酌句，不如直抒胸臆的披露情性與感觸。

渲染要有分寸，增飾必合情理；有話則長，無話則短，順乎自然，渾然天成；猶如行雲流水，行於所當行，止於所不可不止，倘能真情流露，必然姿態橫生。但寫真情與實境，任其埋沒與流傳，若無求名邀譽心理，又何必一定要「語不驚人死不休」呢？

王充的《論衡》中云：「有根株於下，有榮葉於上；有實核於內，有皮殼於外。」指出根柢深厚則枝幹挺壯，枝幹挺壯則花葉繁茂，花葉繁茂則果實碩美甘香；狹隘猥瑣的腹笥，任憑挖空心思，矯揉造作，向壁虛構，裝腔作勢，即使用盡華麗的詞句，不但不能令人感動，反足以惹人生厭呢！

先必有至情，後乃有至文；文生於情，情生於文，互為表裡，遂能載道。韓愈能夠文起八代之衰，是因為洞悉了煉辭煉句，不如煉意煉志的道理所在。他在〈答尉遲生書〉中云：「本深而末茂，形大而聲宏，行峻而言厲，心醇而氣和。」儼然是襲王充之意而加上擴大詮釋，說明人品高潔，行為磊落，執筆為文，必然是揮灑自如，意到筆隨，信手拈來，皆成妙諦。

文人相輕，自古皆然；同行相嫉，勢所必然。同行利害易於衝突，互相嫉妒在所難免，文人各展才情，彼此輕藐對方，心態便不無可議之處。袁枚有詩云：「不相菲薄不相師，公道持論我最知。」意思是說既不可輕視別人，也不必模仿別人，酸葡萄心理固應切戒，亦步亦趨的依樣畫葫蘆尤其不妥；何不自出機杼，秉日月之明，發金石之聲，興寄煙霞，氣貫虹霓，情以物興，物以情觀，運用自己的想像力，捕捉天機與意趣，下筆如有神助，波瀾壯闊的錦繡文章，於焉由腕底奔迸而出矣！

筆是心靈的舌頭，文字是表達思想的工具，貴在表情達意，不宜添枝加葉。宋騤的〈文則〉上云：「事以簡為上，言以簡為當。言以載事，文以著言，則文其簡也。」能夠用一句話講出完整道理者，絕不多加囉嗦；如果極精簡的文字可以表達出極豐富的內容者，又何必架床疊屋的畫蛇添足，反而沖淡了主題的意旨呢！

要有「窗含西嶺千秋雪，門泊東吳萬里船」的氣魄，以期思承千載，目窮萬里，這是由小中見大的豪情壯概。更要有「觀古今於須臾，撫四海於一瞬」的能耐，擷英拈蕊，去蕪存菁，這是由大選小的精簡理路和手法。運用自己的智慧、才華、情興與經驗，別出心裁，獨創新意，遂能脫穎而出，傲視群倫。歷來卓爾不群的文壇大家，不是因為他從不模仿別人，而是誰也模仿不了他；藝術方面的成就，亦可作如是觀。

眼看人家文思泉湧，出言成章，洋洋灑灑，情文並茂；讀來令人盪氣迴腸，為之擊節嘆賞不已。何以能如此鞭辟入裡，力透紙背？又何以能如此一揮而就，筆力萬鈞呢？袁枚有一首七言絕句就是最佳的答覆，云：「清角聲高非易奏，憂曇花好不輕開；須知神仙極樂境，修煉多從苦處來。」只看到人家文章之美，而不知道人家辛辛苦苦的切磋琢磨和所花費的時間與精神，是不公平的。

文章是世人的無形立法者，也是柔性的統治者。若想吟咏出雄偉的詩篇，必先使其生活像是雄偉的詩篇；要想撰寫出不朽的文章，亦須先使其思想睿智澄澈才行。文章以氣為主，氣盛則能動人尤能感人；以理智為心胸，以氣韻為筋骨，以辭藻為皮膚，務使為情而造文，避免以文而造情；憑空虛構，無病呻吟，終難寫出擲地有聲的文章。

單祇是辭藻華麗，缺乏真切的內容，不啻是金玉其外而敗絮其中。劉勰的《文心雕龍》上云：「酌奇而不失其真，玩華而不墜其實。」說明文章的奇巧不可脫離真淳的基礎，鋪錦列繡尤不可渾忘其主題意旨。陸機的〈文賦〉上云：「謝朝華於已披，啟夕秀於未振。」意謂不必因襲前人，努力開創新意，俾使字字句句，頭角崢嶸的躍然紙上，方可動人心魄，繫人魂夢。

精緻而具有深意的警句是文章的靈魂，足以點明題旨而使人留下深刻的印象；或有哲學的奧妙，或有心理學的巧思，或有社會學的方策，言之有物，見解高明，無懈可擊，輒能使人翕然信服；更能令人豁然開朗，頓開茅塞，深受感動而奉為圭臬者，則可以傳世而不朽也。

文藝作品原本就是發自思想感情，反映現實生活的面貌。《公羊傳》上云：「饑者歌其食，勞者歌其事。」白居易在讀到張籍的〈古樂府〉而贈以詩云：「言者心之苗，行者文之根；所以讀君詩，亦知君為人。」說明言語是思想的根苗，行為是文章的基礎，讀張籍的作品，便可概見其為人的理念及操持。執筆為文比之口頭言語更為真切而具體，字裡行間所展示出來的是非尺度與價值觀念，其實就是作者人格心志的直接宣示。

人如其文，文如其人，文品出於人品，觀其文而知其人，殆無異議！視其人則其文品亦可知矣！其間或有若干落差，則係表面包裝而已，拆開包裝，覩其實際，率皆絲絲入扣，歷歷不爽。

文章錦繡非偶然

文章千古事，得失寸心知；切莫嘔心並剔肺，須知妙語出天然。

世事洞明皆學問，人情練達即文章。形質曰「文」，起止謂「章」，「文」以情生，未有無情而有文者；「章」以辭合，亦未有無辭而成章者。情為文之經，辭為理之緯；經定而後緯成，理正而後辭暢，此乃文章之本源也。

常言道：「讀書破萬卷，下筆如有神。」必盡讀天下之書，咸通古今之變，然後始可執筆為文矣！所謂「非盡百家之美，不能成一人之奇；非取法至高之境，不能開獨造之域」正是此意。然則蘇東坡卻說：「文章最忌隨人後，道德無多只本心。」袁子才也說：「不學古人，法無一可；全似古人，何處著我？」總在師古而不泥古，情辭動人而不拖泥帶水為宜。

文章以「意、趣、神、色」四者兼備為佳。意旨為主幹，趣味為枝葉，神韻為姿貌，色調為花朵。縱橫捭闔，氣象萬千，意深趣雅，神奇色麗。如清風之洗俗耳，似造化之回陽春，天機雲錦，任憑剪裁。處處出人意表，句句扣人心弦，真可謂「下筆風雷快，清氣滿乾坤」；儘管看似平淡無奇，輒能氣吞牛斗，感人至深。

百煉為字，千煉成句，文章以簡潔為貴，猶如出水芙蓉，清奇秀雅而不加雕飾，摒絕豪華而益見真淳。才識兼通，文約意深，入木三分，了無空言。以理取勝，以氣撼人，以情貫道，以誠立論；遂能使字中有餘意，句中有餘味，篇中有餘韻嬝嬝，文止而氣勢猶未止也。

胸中有丘壑，筆下生風雲，不精不誠，焉能感人；故強哭者雖悲不哀，強怒者雖嚴不威。大凡執筆為文，不可無病呻吟，總宜心有所感，不吐不快，尤宜要言不煩，直抒胸臆為佳；力求情真意摯，辭切理當，味淡氣蘊，品貴神遠，含藏不盡，方可成為擲地有聲之至文。鄭板橋有詩云：「四十年來畫竹枝，日間揮寫夜來思；冗繁削盡留清瘦，畫到生時是熟時。」畫竹力求清瘦簡奇，為文亦猶是也。

文章是思想的具象，更是藝術的精品。李漁嘗謂：「破題當以奇句奪目，使人一見而驚異不已；終篇當以婉言攝魂，使人執卷留連，苦難遽別；掩卷瞑目猶覺聲音在耳，情景在目者，斯為上乘之作。」謝榛也說：「起句當如爆竹，驟響易徹；結句當如撞鐘，清音有餘。」總之，為文既要精簡，尤須引人入勝，感人肺腑，至於攝人魂魄，凜然惕厲者，更加難能可貴矣！

讀書使人淵博，辯論使人機敏，寫作使人精細。讀書多，積理富，辯才無礙，進而執筆為文，必能言人之所未言，發人之所未發，以精闢洗練的字句，闡述博大精深之意念，字裡行間迴盪著蓬勃昂揚的氣勢，輒能激發讀者良好的意識，鼓舞人們奮勇前進。咸云：「好的文章是人生的激情素，好的作家是人類靈魂的工程師。」一切的道德、宗教、法律的拘束及制裁，均不及文章潛移默化之力量，早已成為不爭之事實。

拿破崙說：「世間只有兩種力量，就是筆和劍；結果呢？後者常被前者征服。」筆鋒常帶感情，能夠以悲天憫人的字句，來撫慰許多人的不幸；下筆如高山流水，能夠以一瀉千里的態勢，來宣洩許多人的悲哀；筆觸輒能激濁揚清，秉春秋之義，明善惡之辨，為碌碌人寰勾畫出一幅璀璨的遠景，從而也為芸芸眾生，注入了美好的希望，與奮勉精進的動力。劍雖鋒利無比，只能暫時以力服人而已，豈能與筆之多種功能相提並論乎！

所謂「文如其人」，人品高潔，則文章境界亦崇高雅潔；為人卑陋低俗，則文章亦俗不可耐矣！大凡無才識者，則心思狹隘；無膽識者，則筆墨畏縮；無見識者，則不知取捨；無卓識者，則不能自成一家。司馬遷所說的：「究天人之際，通古今之變，成一家之言。」倘能讀萬卷書，行萬里路，胸羅萬有，目飽一切；車轍馬跡遍天下，古往今來悉了然，自能吐屬高妙，情理匯通；信口道來，無不成為佳句，隨手寫出，皆為精彩文章。

或云研究歷史能使人聰明，研究詩詞能使人機智，研究數學能使人精巧，研究哲學能使人深遠，研究道德能使人勇敢，研究理則能使人知足；倘能經常誦讀一些清奇優美、立論精闢的文章，則能使人心曠神怡，意興遄飛，情趣盎然，志氣昂揚，機智、精巧、深遠、勇敢、知足等質素，亦可兼而有之矣！

文章種類繁多，形式不一，林林總總，光怪陸離，李九我把歷代可圈可點之文章，分別歸納為二十五品。依次為典則、簡古、雄偉、敘次、經濟、殊絕、抗直、諷切、刺議、攻擊、議論、正大、節義、懇至、標表、玄虛、神奇、幻款、悲憤、幽思、機權、刻深、捃摭、瀟灑及豪放，合稱為二十五品，各擅其勝，精妙絕倫，多以品格為主，辭藻猶在其次也。

朱熹有詩云：「半畝方塘一鑑開，天光雲影共徘徊；問渠那得清如許，為有源頭活水來。」樹木有根水有源，文章錦繡非偶然，筆端生花，妙趣天成，說理敘事，鏗鏘有聲，何以致此？多讀、多看、多琢磨，就是錦繡文章的源頭活水啊！

錦繡文章本天成

世人常以行雲流水來形容文章的自然灑脫，一瀉千里，了無阻滯，氣象萬千，絲毫不見雕鑿痕跡，誠如陸放翁所言：「文章本天成，妙手偶得之；粹然無疵瑕，豈復須人為！」不必刻意推敲，庶可避免忸怩造作之態；亦無須堆砌大量華麗的辭藻，反而稀釋了文章的內容，甚至淹沒了主題的意識與精神。

文章貴在創新，表達自己的理念與感情，選擇獨特的題材，形成自己的風格。古人云：「文章須自出機杼，俾成一家風骨。」猶言文章的命意和構想，不可人云亦云，力避陳腔濫調；務必要獨闢蹊徑，方能營造出與眾不同的清新氣勢。就像是戴復古所說的「意匠如神變化生，筆端有力任縱橫；須教自我胸中出，切忌隨人腳後行。」即使是非要學習或參考名家的作品不可，但在其意念及氣韻上善加體會即可，固不必在文辭上一味模仿也。

人類的情感常藉事物而抒發，世間事物亦因透過人類的感情而凸顯其價值。南朝劉勰的

《文心雕龍》上說：「情以物興，故意必明雅；物以情觀，故詞必巧麗。」譬如因繁花似錦，惠風和暢，而使人心神愉悅；因風雨淒其，落葉飄零，則令人憂思滿懷。覩物思情，由情入景，情景相生，遂成錦繡文章。《文心雕龍》上又說：「夫綴文者，情動而辭發；觀文者，披文以入情，沿波探源，雖幽必顯。」蓋因作者觸景而生情，情動而辭發，形諸筆墨而成文章，茍無豐沛情興，焉能感動讀者？

白居易嘗與元稹書云：「每與人言，多詢時務；每讀書史，多求理道。始知文章合為時而著，歌詩合為事而作。」說明詩人應該言之有物，不可憑空揑造；更宜有感而發，切忌無病呻吟。倘能見多識廣，自必根深葉茂，執筆為文，若有神助；於焉筆隨意生，鋪錦列繡，字字珠璣，遂成情文並茂的鴻篇鉅製，而令人迴腸盪氣更擊節嘆賞不已；不必求工而自然工矣！

陸放翁奉和楊伯子王簿詩云：「文章最忌百家衣，火龍黼黻世不知。」意謂執筆為文旨在傳達自己的理念和意趣，不作與拾人牙慧，東拼西湊，以至於連篇累牘盡屬蛙鳴蟬噪，雜湊成章而辭不達意；甚至是詰屈聱牙而艱澀難解，空疏寡實而枯燥無味，旨在舞文弄墨以達露才揚己之目的，然卻了無創意，豈能激發讀者的情興？

姜白石嘗言：「人所易言，我寡言之；人所難言，我易言之。」這也就是「人取我棄，人棄我取」的意思，但能「雪中送炭」，不必「錦上添花」，限隨人家亦步亦趨，顯示不出自己的獨到之處；惟有經過千錘百鍊，才能達到自然天成的境界。運思之際要能海闊天空，無所侷限，以達「登山則情滿於山，觀海則意溢於海」的意象；方能擷取「一語天然萬古新，豪華落盡見真淳」的果實；更能化繁為簡，變俗為雅，信手拈來，神韻天成。張問陶所說的「敢為常語談何易，百煉功純始自然。」就是從平淡中顯出真淳，由自然裡閃爍著文采粲然的高妙篇章。

諺云：「文如其人，人如其文。」有高華的人品，才能寫出不朽的文章，作品的意旨與風格，植基於作者的情操和品性之中；與其捨本逐末的在斟字酌句上耗費精力與時間，何如在自身的修為及見解上痛下工夫呢！吳如淪說：「綴字為文，而氣韻行乎其間，寄聲音神采於文外，作品方有靈魂與生命。」蓋學術貴識解，文章重才華，識解不深者必難宏通淹貫，才華不高者亦難韻致深邃；倘若識解有限，才華平庸，即使東拉西扯的拼湊出滿紙的華辭麗句，亦難扣人心弦，更遑論令人感動或引人入勝矣！

詩聖杜甫為了要達到「筆落驚風雨，詩成泣鬼神」的地步，刻苦磨厲，辛苦備嘗。詩仙李白戲謔云：「飯顆山頭逢杜甫，頭戴斗笠日卓午；借問因何太瘦生，只為從來作詩苦。」杜甫則惋惜李白的懷才不遇而贈以詩云：「文章憎命達，魑魅喜人過；應共冤魂語，投詩贈汨羅。」感慨文章憎惡命運通達的人，妖魔鬼怪則希望有人經過俾便加害；說明逆境之中往往能寫出工整的文章，一帆風順之際反而文思不屬而難成篇章呢！

事實上，執筆為文，大可不必自苦乃耳！亦無關乎「文窮而後工」的邏輯說法，但能順乎自然，隨興而為，就像是蘇東坡所說的「為文當如行雲流水，初無定質，但常行於所當行，常止於所不可不止，文理自然，姿態橫生。」再加上慧心獨具，憑恃嫻熟的技巧，把握住陸放翁所說的「天機雲錦用在我，剪裁妙處非刀尺。」千萬不要苦思冥想，嘔心瀝血，但求平易流暢，渾然天成，豈不大佳！固不論「切莫嘔心並剔肺，須知妙語出天然」，已經提出適切的忠告；而「琢雕自是文章病，奇險尤傷氣骨多」，則是一味的雕詞琢句，求奇爭高，反而會損害了文章的主題和氣韻，弄巧反拙，何苦來哉！

有了真摯的情感，才有錦繡的文章，「為情而造文」而非「為文而造情」。白居易說：「感人心者，莫先乎情，莫始乎言，莫切乎聲，莫深乎義。」只要文章中充滿著感性的筆觸，「談歡則字與笑開，論戚則聲共泣偕」，能夠引發讀者開懷大笑，更能賺取讀者熱淚簌簌而下，豈不就是感人至深的偉大篇章，又何用嘔心剔肺，雕琢字句呢！

情動於中而形於言，言流於唇而筆為文；言雖淺而可以託深，類有微而可以喻大。《姜齋詩話》中云：「意猶帥也，辭乃兵也，無帥之兵，謂之烏合之眾。」說明詩文重在立意為先，辭藻為副，倘無鮮明之主題意識，空有華麗之字句也屬枉然。《文心雕龍》中更云：「情者，文之經；辭者，理之緯；經正而後緯成，理定而後辭暢，此立文之大本也。」肯定文章應以情興為主，辭藻不過是表達情興的工具而已，孰輕孰重，不言可喻。

常言道：「煉字不如煉句，煉句不如煉意。」只要意蘊豐富，何患辭句之欠工。王充的《論衡》中云：「口則務在明言，筆則務在露文。」意謂口頭上力求說話明白，文字上務必淺顯易懂，方可妥收表情達意的效果。《文心雕龍》中云：「繁采寡情，味之必厭。」直截了當的指出文章必須以真摯的感情作基礎，才能引人入勝，動人魂魄；單只是文采華麗，辭藻優美，十足是味同嚼蠟，令人生厭呢！

為文重在質樸流暢，不必刻意浮飾雕琢。《緯文瑣語》中云：「篇中不可有冗章，章中不可有冗句，句中不可有冗字。」不講廢話，了無贅語，簡明扼要，達意即可，看似平淡無奇，寓意卻深刻而動人。倘能把握「有真意、去粉飾、少做作、勿賣弄」四項原則，便能達到「入妙文章本平淡，等閒言語變瑰琦」的渾然天成境界。

藝術的雅與俗

藝術是一種藝能及技術，凡是人類憑恃智巧所創造出來的一切，具有審美上的價值者，包括詩文、繪畫、音樂、雕塑、建築、舞蹈等，皆可稱之謂藝術。

詩文是沒有景物的圖畫，圖畫是沒有文字的詩文；建築是大型的雕塑，雕塑是小型的建築；音樂是聲音的舞蹈，舞蹈是肢體的音樂旋律。所有的藝術都有一個共通的特性，亦即表現大自然的形象與音韻的美態與美感。

藝術的雅致與俗氣，殊難具體而明確的加以評鑑及劃分，就像是一幅裸體的畫像或雕塑，端視欣賞者的感受而定；再如辭藻華麗的詩文、形貌巍峨的建築、音韻婉轉的音樂和姿態曼妙的舞蹈，倘若不能予人以盪氣迴腸的美感，只不過是令人眼花撩亂的俗艷而已，難臻高華雅麗的境界則不辨自明矣！

真正懂得藝術的人，都能分辨什麼是美感的標準，一般人只是滿足於一些浮華的色彩與酷肖的形象和聲音而已。詩人能將平庸的生活提昇，更將世界變形；畫家是記憶的拓展、意識的創造和合乎理性的發狂；音樂是天使的語言，不但能平復狂暴的情緒，甚至有撫慰野獸的魔力；雕塑能把堅硬的大理石，軟化成有靈性的生命，進而產生溫暖的情感；建築尤其神奇，不只是重視外形之美，尤講求內在的安逸和舒適，可謂內外兼修，能夠使人陶醉其中而渾然忘我；舞蹈則能表現柔婉、飄逸、剛強與叱咤風雲的各種氣勢和韻味，跟隨肢體的動作，使欣賞者意興飛揚而心神怡悅。藝術家表現的是「我」，科學家創造的是「我們」。藝術家的原動力是熱情，而投注在創作時卻十分冷靜；藝術家附屬於作品，並不是作品附屬於作者。人生短暫，藝術永恆，偉大的藝術作品是偉大心靈的智慧表現，軌跡難覓，神奇莫測，評鑑實非易事。

雖然如此，何者為雅？何者為俗？拋開主觀的意識，仍有若干客觀的標準可資依循。第一是靈秀之謂雅，呆板之謂俗：不論是氣勢、韻味、狀貌、色彩及聲響，均能表現出細膩而奇妙的魅力；不知其何所來，亦不悉其何所去，空靈飄忽，繫人魂夢。第二是均衡之謂美，突兀之謂俗：舉凡詩文之意旨、繪畫之佈局、音樂之旋律、雕塑之形狀、建築之造型及舞蹈之動作，均須著重變化交錯中，而不失均衡諧和的穩健原則。第三是朦朧之謂美，凸顯之謂俗：水中觀月，霧裡看花，掩映成趣，難窺究竟；俾能留下一些想像的空間，萬萬不可門戶洞開，一覽無遺。第四是神似之謂美，形似之謂俗：藝術狀擬事事物物，要在像與不像之間；與其致力於纖毫畢陳，不如捕捉其潛在的氣韻。第五是自然之謂美，矯飾之謂俗：任何藝術作品，無非是在描摹、顯現大自然界之美；不可憑空臆造，尤忌諱大事扭曲。第六是創意之謂美，追摹之謂俗：藝術貴在發揮創意，建立自己的獨特風格；即使不加介紹，一見便知是何人之詩文，何人之繪畫，其他藝術作品亦復如是。第七是含蓄蘊藉之謂美，炫誇自是之謂俗：真正成就不凡的藝術家，總是精光內斂，謙和遜讓，一如鄉野農夫；根本談不上任何水準的藝術愛好者，動輒互相標榜，或抓住機會便大力推銷自己。

白居易的詩老嫗能懂，不尚華麗辭藻，不用艱澀典故。雖然俚俗不避，但其意境生動深邃，遂能流傳千古，只見其雅而不覺其俗。趙孟頫的書法秀媚可人，一筆一劃皆秀媚到底；倪雲林的畫境疏澹有致，一木一石一亭一橋皆如是，既諧和又統一，遂能為世人所重。石濤在《畫語錄》中云：「人為物蔽，則與塵交；人為物使，則心受勞。」意謂任何藝術創作，務必要保持澄明潔淨的心性，不為外物所矇蔽，更不受塵慮所影響，乃能天君泰然，神閒氣定，掙脫俗氣的籠罩，躍升至雅致的高曠境界。

詩心・詩情

飛花入夢，粉蜨寓目，一湖煙水，山嵐凝碧，大江東去，爽氣西來，思維隨著詩心遠颺，俗念盡被詩情滌清；驀然之間，一片醉人魂夢的美妙氣氛與率性怡情的豁然憬悟，使得塵慮盡消，美感蜂湧而來，如飲醇醪，酣暢淋漓，似聞異香，飄然物我兩忘。

詩是用文字創造出來的韻律美，一首詩何嘗不就是一篇樂章；詩更是用文字表達出來的色彩美，一首詩簡直就是一幅圖畫。音樂是有聲的詩，悠揚悅耳，令人陶醉；圖畫是無言的詩，繽紛璀璨，引人遐想。詩是以音樂的形式來表現幻想，又以圖畫的面貌來鋪排憧憬，運用文字巧妙組合，以彰顯蓬勃的情、豐盈的意、激越的心思與炙熱的性靈；有天籟般的哲思，有清風樣的慧語，如湖上之月光，似汜湧之春潮，扣人心弦，繫人魂夢。

古詩多為四言，其後有五言、六言、七言等相繼而起，唐代乃有古體、近體之分，現代更有無韻之散文詩；形式儘管稍有差異，而詩心清逸絕塵，詩情風雅雋永則一也。用詩心來觀察世界，每能在五光十色的人事中，探視出赤裸裸的人性與活生生的事態；因而透過理性的文字，賦予想像的空間，統攝人世間的至情、至性、至美與至樂，激發人性的真純，揄揚人格的芬芳，遂能超脫凡俗，昇騰入性靈的舒暢境界。

詩心是苦澀的，詩情卻是嫵媚的，儘管詩心血淚交織，詩情必能飽孕著靈秀的智慧與柔婉的興致，從而使得苦澀的詩心，猶如春風解凍般的注入了盎然的生機；於是率性、怡情、恣肆、豪縱的真情，便自然的奔放出來；以最美的文字、最感人的韻律和最動人的意象；從事經驗的歸納，觀念的昇華，價值的判斷，以及高潔情操的追求和幸福和諧氣氛的營造。

一首劣詩，能夠使人全身冷得發抖，連烈火炙烤都無法使之溫暖起來；相反的一首好詩，輒能令人怦然心動，熱情似火，情與沸騰，即使用冰水兜頭澆下，也絲毫不能降低心頭火熱的意念。詩人之所以為詩人，有其特別敏銳的視覺及聯想，見人之所不能見，感人之所不能感；因而，在心為志，發言成詩，常能出人意表，令人震撼，言外有意，意外有情，情外有感，感外有理念，更有願望。詩之動人處，端在其能在不知不覺中，潛移默化，釋疑詮難，遣興解憂，改弦更張，重新調整人生的步伐，仔細修正前進的方向。

繪畫中的實物，應在像與不像之間，方可算是藝術。過分酷似，纖毫不差，則不免流於匠氣；完全不知所畫的究竟為何物，似乎又太過荒唐；總宜在像與不像之間，才能顯出作者的精神與情感，音樂與詩篇亦可作如是觀。特別是詩人所欲表達的意念，不妨朦朧一些，亦可神秘一些，更可高標境界，進入空靈玄虛的範疇；絕對不能開門見山，一覽無遺，否則太過明顯，只是在炫示一樣華而不實的藝術品，缺乏讀者意會、思索和聯想的空間，價值於焉必然大打折扣。

詩心純真自然，隨著感覺來捕捉時代的脈動；詩情寧靜而優美，玲瓏剔透，晶瑩柔婉，恆以氣象萬千、多彩多姿來表達感覺的本質。一首詩篇是否成功，並不決定於詩人寫詩時花費多少功力與精神，而決定於讀者讀它時能夠感覺多少？領略幾何？

偉大的藝人在臺上表演，還須有夠格的觀眾在臺下欣賞，才會引發共鳴，創造出演藝的高潮；同樣的道理，優美的詩篇必須也要有善解詩心、善體詩情的讀者來閱讀才行。其實，每個人的身上都潛藏著許多詩的細胞與詩的氣質；在漫不經意的狀況下，就會流露出詩的心態與詩的情懷。

人們需要詩的美感來滿足性靈的渴求，也需要詩的清越來滌蕩胸中的悒鬱，更需要詩的雅潔來淨化思維中的積垢。讀詩必須全神投入，讓整個的人與心全部浸沐在詩情畫意之中，可以看得到燦爛光輝的美麗景色，可以聽得到松濤海韻，啁啾鳥鳴，也可以領略到徜徉於詩心的暖流中的暢適快意；尤其是濃郁的詩情，就像是夾岸的桃李爭芳，香氣氤氳，流連迴環，完全擺脫了現實生活中的點點滴滴，而陶醉於一縷詩心與一片詩情之中。

除了道德、宗教、法律而外，詩篇也擔任了一份教化的責任；它可以變化成「格言」、「聯語」、「諺語」、「標語」、「口號」或「座右銘」等方式出現，基本上仍然是支離破碎的詩篇。財富讓人腐化，「格言」卻時刻予人以當頭棒喝；權力讓人自大，「座右銘」則隨時加以糾正；挫折使人灰心喪志，「諺語」便會適時擔負起激勵和慰勉的責任；得意時樂而忘形，「聯語」就會展示出醒醐灌頂的剴切啟示；凡此種種，均能妥收實效，此之謂詩教也。

詩篇是給人欣賞的，不是給人解析的；詩心是給人感動的，不是給人探討的；詩情是給人用心靈來契合的，不是供人作消遣的。必須用全神貫注來讀詩，輒能飄然物外，快意莫名；必須以性靈投入詩中，遂能體會出詩心的磅礴與詩情柔麗。

詩中的畫意和音韻

「詩」是用文字譜成的樂曲，而樂曲則是以聲音激揚出來的詩篇。閱讀一首詩及聆聽一曲音樂，都是人類所能感受到的最美妙、最精緻，也最崇高的精神食糧。

「詩」是無須色彩渲染的畫圖，而畫圖何嘗不是一首無言的詩歌。透過詩歌的引領，讀者可以超越時空的限制，陶醉在名山大川或鳥語花香之中；經由畫圖的啟導，渾忘現實的縻絆，躍升至一個曼妙而神奇的世界。

「詩」是以音樂的手法，運用圖畫的方式，加上一點幻想的因子，憑恃強烈的情感，執著的去探索真理的具體形象；並主觀的提供出自以為是的價值判斷。有人說「詩」是情感的流露，有人說「詩」是經驗的報告，有人則說「詩」是含淚的傾訴，有人卻說「詩」是歡樂的媒介。總之，「詩」乃興於喜悅，而成於智慧；非刻意雕琢，而是渾然天成。

中華民族是一個「詩」的民族，一向講究「詩教」與「詩化」，遂著重「言欲信，辭欲巧」，亦即情感務求真切，辭藻必須精巧。所謂「在心為志，發言為詩」，意謂蘊藏在內心是思想感情，發出而形成語言文字就成了詩篇，具有崇高偉大的教化使命，一旦思想感情在內心激盪，就勢必要小心謹慎而妥加斟酌與琢磨不可。於是極意構思，精心設計，慘淡經營，出奇制勝，以期達到「語不驚人死不休」的地步，而妥收一言九鼎，移風易俗的效果。

孫稚認為：「辭必高然後為奇，意必深然後為工，煥然如日月之經天也，炳然如虎豹之異犬羊也。」意思是說遣詞用字的格調高華，方可使人震撼而嘖嘖稱奇；而立意用心的主旨深遠，才能令人嘆為觀止而佩服不已。因此，陸機所說的「收視反聽，耽思傍訊，精鶩八極，心遊萬仞。」就顯得格外的重要了。他的意思是說不應為眼前的事物所侷限，而應發揮無限的想像力，讓心靈的翼翅在極高極遠的天地間飛馳，方可見多識廣，旁徵博引，寫出海闊天空，氣勢磅礴的詩文。

文學是語言的藝術，詩歌更是文學的菁粹。劉勰的《文心雕龍》上云：「心既託聲於言，言亦寄形於字。」意思是說人們表達思想感情，必須依賴語言和文字為工具，倘若平鋪直敘，不易引起聽者或讀者的共鳴及感動，勢必要巧妙的鋪排與營造，方能使聽者認同，使讀者動容，於是文學的手法便應運而生；而詩歌的創作也就刻意的斟字酌句，以期用極少量的筆墨，概括極豐富的內容。這也就是劉勰所說的「以少總多，情貌無遺」的技巧所在；亦即劉禹錫認為的「片言可以明百意，坐馳可以役萬里」的理念；惟有工於詩者，乃能有此經驗及功力。

以推敲詩句而傳為美談的賈島曾有詩云：「二句三年得，一吟淚雙流；知音如不賞，歸臥故山秋。」說明詩的創作過程是何等的艱難辛酸，而字句的琢磨態度又是何等的嚴肅認真，以至於吟成兩句詩要花上三年的工夫；一旦吟出「獨行潭底影，數息樹邊身」，不由得連自己都會感慨萬千而淚流滿面呢！

詩人刻意求工、求全、求美、求好、求奇，每每苦思焦慮，嘔心瀝血，常有「吟妥一個字，撚斷幾莖鬚」；或「為求一字穩，耐得半宵寒」的情況者，比比皆是，不足為奇。方干的〈感懷〉詩云：「志業不得力，到今猶苦吟；吟成五個字，用破一生心。」雖然用盡了畢生的心思而祇是「吟成五個字」，對詩人而言仍然是無怨無悔，甚至還感到十分值得而不虛此生呢！作詩迷人之處在此，好詩流傳千古的道理亦在此！

敝帚自珍，乃人之常情，詩文必須反覆修改，方可臻於至美至善的地步。《文心雕龍》上云：「句有可削，足見其疏；字不得減，乃知其密。」強調詩文必須反覆修改，才能達到爐火純青的境地。袁子才的〈遣興〉詩云：「愛好由來落筆難，一詩千改始心安；阿婆還是初笄女，頭未梳成不許看。」說明創作態度的嚴謹與仔細，即使是已經獲得高名的詩人之作品，照樣也要嚴格的把關，不可輕易放過；就像是老阿婆一樣，未曾梳理完竣之前，絕不肯輕易示人呢！

「詩」是經過感情潤飾過後的價值觀念，有人類、有語言、有文字之處就有「詩」。詩人的情感敏銳，觀察入微，能夠比一般人更深切的體驗人生，並從日常生活中擷取動人的畫面與感受；言人之所未言，發人之所難發，藉由多彩多姿的客觀遭際，表現出喜怒哀樂的心靈世界。陸放翁的〈舟中〉詩云：「沙路時晴雨，漁舟日往來；村村皆畫本，處處有詩材。」意謂在大千世界之中，事事物物皆可入「詩」，苟能深入體會，到處都蘊藏著取之不盡、用之不竭的創作材料呢！

雖然到處都有作詩的材料，然則如何採擷？如何拼湊？更如何取捨及剪裁？端賴突然顯現的靈思與妙到毫巔的意會，加以巧妙的掌握和交集，稍縱即逝，必須緊緊的抓住不放，所謂神來之筆便於焉產生矣！袁枚的詩云：「但肯尋詩便有詩，靈犀一點是吾師。」又云：「作詩火急追亡逋，清景一失後難摹。」前者是說明靈思與意會，就是開啟詩思的老師；後者則是提醒詩人，一旦詩思泉湧，就應立刻記錄下來，極像是追捕逃犯一樣，稍一遲延，逃犯就像是鴻飛冥冥一般，消失得無影無蹤了。

作詩要以意象為主，而以辭采為副；倘若本末倒置，則空有華麗辭藻而內容則空無一物，味同嚼蠟，了無意趣。袁枚說：「詩以意為主，以辭采為奴婢。苟無意思作主，則主弱奴強，雖僮僕千人，喚之不動。」作詩要有新奇的創意，力避落入俗套；更要推陳出新，才能予人以鮮活的感覺。劉熙載說：「詩要避俗，更要避熟；剝去數層方下筆，庶不墜入熟、俗界中。」

「詩中有畫，畫中有詩」，詩是能言的畫，畫是無言的詩。詩中充盈著畫意，畫中也飽蘊著詩情，以景融情，寓意於景，詩人對於情景的感受及抒發，就是詩畫創作的動力和泉源。

一首優美的詩，有如柔和的音樂旋律；一曲田園交響樂，何嘗不是一幅有聲的田園圖畫。每一滴淚水都是一句詩，每一陣風嘶雨滴也都是一陣樂音。音樂是鏗鏘有聲的詩篇，詩篇也是默默無語的音樂。

「詩」是會呼吸的思想，佻巧而靈動；「詩」更是會燃燒的字跡，炙熱而感人。

詩的民族詩樣情

中華民族是詩的民族，中國文字是詩的文字，炎黃子孫尤其擁有詩樣的情懷。畫是無言的詩，詩是能言的畫。詩是靈魂的音樂，音樂是靈魂的詩篇。詩是生活的牧歌，詩更是生命的舵手。

「感物而動謂之志，發而於言乃為詩，故謂詩言志也。」人類有了喜怒哀樂的情感，不知不覺的便會手舞足蹈，歌詠聲發。鍾嶸在《詩品》序中說：「氣之動物，物之感人，故搖蕩性情，形諸舞詠，照燭三才，輝麗萬有；靈祇待之以致饗，幽微藉之以昭告；動天地，感鬼神，莫近於詩。」如此看來詩不祇是「言志」而已，更能憑恃敏銳的觀察、靈明的智慧與奇妙的幻覺，見人之所未見，發人之所未發，言人之所未言，創作出生動雋永的篇章，一字一句都在燃燒，在熊熊的火光中，照亮了人類璀璨的明天。

感而為聲，詠而為詩，動而為舞，節而為樂；詩言其志，歌詠其聲，舞動其容，樂節其情。古者，詩必可歌，歌必入樂，樂必有舞，是以詩、歌、樂、舞，實乃分流而同源，殊途而同歸。自有人類之始，雖尚在穴居野處、茹毛飲血時代，便鐵定有了詩、歌、樂、舞的產生，源遠流長，肇自邃古，實難以究詰也。

詩為中國文學之開山鼻祖，在中華民族的藝文活動中，佔有崇高的地位。周代采詩之官深入民間，風塵僕僕，不畏艱辛，或聆聽長者清吟，或遙聞壯士高歌，或收錄婦孺之謳謠及農夫牧豎之傳唱，去蕪存菁，歸併整理，再經過孔子的大幅度刪節，中國最早的一部文學作品——《詩經》於焉誕生。

詩與日常生活，早已產生了密不可分的關連，口中哼的是詩，筆下寫的是詩，人生的理念是詩，日常生活的細節也是詩；詩在青山綠水之中，詩在琴棋書畫之間，一舉一動，一言一行，似乎都飽孕著詩的韻味，中國人溫柔敦厚的習性與作風，就是數千年來詩教的具體成效。

嚴羽在《滄浪詩話》中說：「詩有別才，非關書也；詩有別趣，非關理也。」朱熹在〈答楊宋卿書〉中說：「詩之工拙繫於志之高下，有德君子高明純一，其於詩固不學而能之。」蘇東坡曾經自詡謂：「吾文如萬斛泉源，滔滔汩汩，一瀉千里。」這樣看來，詩人不一定是學富五車，然而卻是胸羅山水的天才；開口落筆，如有神助，游心萬物，鳥瞰世界，不為俗事所拘，不為俗物所羈，偶有吐屬，輒能恍若天籟，符合天機，清逸絕塵，了無人間煙火氣味，遂有「詩仙」的稱號，飄飄然已超脫塵寰矣！

在詩壇上有詩仙，更有詩聖、詩豪、詩宗、詩佛、詩魔、詩囚、詩奴與詩婢。李白為「詩仙」，以其詩超塵拔俗也；杜甫為「詩聖」，以其詩渾涵汪茫，千彙萬狀，兼古今而有之也；劉禹錫為「詩豪」，以其詩氣勢磅礴，豪氣干雲也；博士江公，世稱「魯詩宗」，為世所宗仰也；王維為「師佛」，以其篤信佛教，深通佛理也；白居易為「詩魔」，以其嗜詩之深，形同著魔也；孟郊為「詩囚」，以其詩境窘迫苦澀，如被囚居也；賈島為「詩奴」，乃詩家之下乘也；鄭玄家奴婢皆讀書能詩，而有「詩婢」之稱。

詩之功能，乃在陶冶靈性，變化氣質。孔子曰：「入其國，其教可知也。其為人也，溫柔敦厚，詩教也。」敘事為詩，類似史誌，謂之「詩史」；怨謗之氣，發於歌謠，謂之「詩妖」；無意中所詠之詩，而為日後事之徵兆，謂之「詩讖」；以絕不相關之兩辭作詩兩句，湊合天然，兩兩相稱，藉逞才智，謂之「詩鐘」；以詩句為謎面供人猜射，稱為「詩虎」，用雜文為謎面則稱「文虎」。杜牧有詩云：「霜衣雪髮青玉嘴，群捕魚兒溪影中；驚飛遠映碧山去，一樹梨花落晚風。」不消說，他分明是在詠鷺鷥嘛！此之謂「詩謎」也。

有人說詩的功用不是要我們精確的思想，而是忠實的感受。因為詩是用比較少的字句，透露許許多多意會和訊息，它不是訴諸理性的，而是訴諸情感的；它製造了一個朦朧的幻象，閃爍著至真、至善、至美的光影，散發著神奇的吸引力和璀彩的華彩，於是一般人便像朝聖者似的，把詩篇推向一處崇高的地位。

並不一定十分合乎邏輯，總認為詩人是一個靈異的先知先覺者，或者是一個難諧俗流的瘋狂人物。總之，他們的思想非常奇特、感情更是無比的奔放、行徑尤其出人意表；他們無視於傳統的約束、道德的規範、現實利害的考量，興之所至，想所欲想，為所欲為，把靈魂深處的幻覺，熱情的吐露出來、描繪出來。像是「前村深雪裡，昨夜一枝開」的梅花，為沉睡中的大地，吹動了起床的號角；更像是樑上的乳燕，為人們帶來了春的消息。

詩魂就是國魂，文心主宰國運，真正偉大的詩人，內心充滿了悲天憫人的熱愛，肩頭也擔負了時代先驅者的責任與使命。日本「明治維新」動機的形成，導源於賴山陽的一首敘事詩；法國大革命如火如荼的展開，絕大部分是雪萊和拜倫在詩篇中的鼓舞語句。

中國的詩起源最早，詩作不可勝計，詩人更是多如過江之鯽，而一般人的起居作息似乎都與詩意、詩情密不可分；「採菊東籬下，悠然見南山」；「夜來風雨聲，花落知多少」；婆娑歲月，詩酒留連，飄然物外，不管人間閒事矣！幸虧更有一些憂國憂民的詩人，以天下興亡為己任，憑恃其「知微、知彰、知柔、知剛」的靈明心思，發而為「萬夫所望，黎庶渴想」的篇章，承先啟後，繼往開來，為苦悶的人群，引發嶄新的嚮往，勾畫出鮮明的希望，遂使中華民族一次又一次的躓而復起，重新抖擻精神，邁向光輝燦爛的前程。

詩似冰壺見底清

畫是無言的詩，詩是能言的畫；詩是靈魂的音樂，音樂是詩的靈魂。

詩是會呼吸的思想，會燃燒的字，其中有歡笑更有血淚，記錄了最美好及最快樂的時光，也訴說著最無奈與最痛苦的心路歷程。

有聲韻可歌詠之文字謂之「詩」，詩之體例不外乎「風、賦、比、興、雅、頌」六者，古詩由四言、五言、六言、七言相繼而起，現代更發展到無韻之「散文詩」，因之有人便說：「詩是用比散文少的字說比散文多的話。」

詩之功能乃在於陶冶性情，變化氣質，是謂「詩教」。唐代詩風鼎盛，詩人朝成一詩，夕即付之管絃，為求婉轉動聽，漸次加入和聲而以實字填之，遂成為「詞」；詞之情文節奏，並皆有餘於詩，故曰「詩餘」。詩人賦麗以則，詞人賦麗以淫，被稱為「詩人」是一種恭維，被稱為「詞人」就顯得頗為曖昧了。

有語言之處就有詩，有文字之處更有詩，甚至可以說有人類之處皆有詩的創作及吟唱。詩是歡樂的頌讚、悲苦的吶喊、悒鬱的感嘆與憧憬的呼籲，更是被感情潤飾了的才智表現。孔子說：「入其國，其教可知也。其為人也，溫柔敦厚，詩教也。」

都說中國人是一個「詩的民族」，不祇是文人酷愛吟詩，不識之無者亦能出口成章呢！《詩經》中的許多篇章，就是從里巷傳唱中採集而來的民俗作品。昔時文人吟詩，用功之勤謹，態度之嚴肅，著實令人嘆為觀止。很多人「為求一字穩，耐得半宵寒」；很多人「吟妥一個字，撚斷幾莖鬚」；很多人「二句三年得，一吟淚雙流」；以至於「髮任莖莖白，詩須字字清」；「生應無輟日，死是不吟詩」；簡直已到了不顧時間，不惜健康，甚至生死以之的地步矣！

《古今詩話》上說：「唐人為詩，常積思數十年，然後各有名家。杜少陵云：『更覺良工用心苦。』豈特我哉？」杜少陵吟詩十分辛苦，精雕細琢，不遺餘力，嘗言：「為人性僻耽佳句，語不驚人死不休。」歸仁上人斟字酌句，經常廢寢忘食，曾有一首〈自遣〉詩云：「日日為詩苦，誰論春與秋？一聯如得意，萬事總忘憂。」歐陽修自言平生吟詩屬文，構思的過程多在「三上」，乃馬上、枕上、廁上也。曾云：「一句坐中得，片心天外來。」欣喜之情，溢於言表。

李白為「詩仙」，杜甫為「詩聖」，劉禹錫為「詩豪」，黃山谷為「詩祖」，白居易為「詩魔」，孟郊為「詩囚」，賈島為「詩奴」，里巷歌謠為之「詩妖」。李白詩才清逸絕塵，不染人間煙火氣息，謂之「詩仙」；杜甫之詩孤高流麗，兼古今而有之，謂之「詩聖」；劉禹錫詩情豪放，晚節尤清，謂之「詩豪」；黃山谷會萃百家之長，究極歷代之變，謂之「詩祖」；白居易嗜詩成癮，動輒朗吟不已，謂之「詩魔」；孟郊詩境窘迫苦澀，如被囚居者然，謂之「詩囚」；賈島以詩攀拊權貴，實為詩家之下乘，謂之「詩奴」；而里巷歌謠，其辭意往往為他日禍亂之徵，謂之「詩妖」。

「詩思」是賦詩的動機，「詩眼」是詩人之眼識，「詩興」是藉詩以發抒情興，「詩鐘」是文人遊戲之作，「詩謎」是以詩句為謎面，又稱「詩虎」。唐代相國鄭綮善詩，有人問：「相國近有新作否？」對曰：「詩思在灞橋風雪中驢子背上，此何所得之。」可見「詩思」並非隨時隨地可有的啊！詩句以一字之妙絕謂之「詩眼」，像是「微雲淡河漢」，妙在一個「淡」字；而「春風又綠江南岸」，則妙在一個「綠」字。興致勃勃，感情濃郁，藉詩句加以宣洩，謂之「詩興」大發。文人雅集，爭奇鬥勝，每取絕不相干之兩辭作詩兩句，必工整貼切，天然相稱，或焚香刻燭，或擊鉢傳花以限時完成，謂之「詩鐘」。至於「詩謎」，古稱「隱語」，猜謎如射覆相似，謂之虎者，喻其不易射中也，用詩句作謎面稱為「詩虎」，用雜文作謎面則稱為「文虎」。

宋代元祐年間，士大夫好事者取達官姓名為詩謎云：「雪天晴色見虹霓，千里江山遇帝畿；天子手中朝白玉，秀才不肯著麻衣。」謎底的四位達官姓名是韓絳、馮京、王珪、曾布也。杜牧之詩云：「霜衣雪髮青玉嘴，群捕魚兒溪影中；驚飛遠映碧山去，一樹梨花落晚風。」詩意說的分明就是鷺鷥鳥嘛！此外還有「詩讖」之說，亦即無意間所詠之詩句，竟然成了日後遭遇之徵兆。像是南朝簡文帝的〈寒食〉詩云：「雪花無有蒂，冰鏡不安臺。」又有〈詠月〉詩云：「飛輪了無轍，明鏡不安臺。」後來臺城傾覆，一切似乎都在詩句中預先有了徵兆。

詩以意境為主，而以辭采為副：一首風景詩，不祇是描繪自然的景觀而已，而是心靈的再創造，務必要借景抒情，才能表現出機趣與風致，否則便如泥人土馬，了無生氣，猶如隔靴搔癢而不切實際。劉勰說：「文之思也，其神遠矣！故應寂然凝慮，思接千載，悄然動容，通達萬里。吟詠之間，吐納珠玉之聲，眉睫之前，捲舒風雲之色，其思理之致乎？」倘能意在筆先，胸有成竹，登山則情滿於山，觀海則意溢於海，然後必能以高華之辭藻出奇制勝，以深邃之思維引人入勝。

千錘百鍊始能有精鋼出現，仔細琢磨斟酌方可有佳作產生。白居易強調「一章三遍讀，

55・清底見壺冰似詩

一句十迴吟」，袁子才認為「有磨皆好事，無曲不文星」，否則便會像黃山谷所說的「吐屬功夫不經世，何異絲窠綴露珠」，看似晶瑩剔透，實際上只不過是鏡花水月而已。戴復古有詩云：「草就篇章只等閒，作詩容易改詩難；玉經雕琢方成器，句要豐腴字要安。」說明作詩全靠情與，而改詩便要依賴雕琢的功夫了。

一字之刪改更易，往往有點鐵成金之功，尤有畫龍點睛之妙。僧人齊己有〈早梅〉詩云：「前村深雪裡，昨夜數枝開。」鄭谷笑謂：「數枝非早，不若一枝則佳。」曾吉父為汪內相送行詩云：「白玉堂中曾草詔，水晶宮裡近題詩。」韓子蒼改「中」為「深」，改「裡」為「冷」，意義便驟然幽奇矣！張詠描寫江南物阜民康有詩云：「獨恨太平無一事，江南閒煞老和尚。」蕭楚才改「恨」為「幸」，頓使題旨更為高華矣！其他像是「無言獨自下空山」，不如「無言獨自下春山」為佳；「秋色玉門涼」，不如「秋色玉關涼」響亮；最為人所稱道的要數「春風又綠江南岸」了，王安石一改再改，更動十餘次方得一「綠」字。袁子才說：「詩改一字，界判天人。」誠然言之不謬也。

最動人的詩篇，不在於格律工整，辭藻華麗，而在於義蘊豐富，境界幽深。選材要嚴，開掘要深，高言妙句，音韻天成；精騖八極，心遊萬仞，然須自出機杼，方能成一家風骨。詩貴情思而輕事實，詩有工拙而無古今；學詩須透脫，信手自孤高；為人不可以有我，作詩卻不可無我。在心為志，發言為詩，不可以文害辭，尤不可以辭害志。詩畫本同源，天工與清新，既要真淳，又要精深，琢之磨之，返璞歸真。真正的好詩是用意精深至極，下語平淡無奇。

管子說：「止怒莫若詩，去憂莫若樂。」歐陽修也說：「惟有吟哦殊不倦，始知文字樂無窮。」韋應物更說：「心同野鶴與塵遠，詩似冰壺見底清。」若能內心充滿詩情，一切客觀的事物景象必將是另一番模樣。

丹青難寫是精神

畫什麼像什麼，並不十分困難；倘若畫得生動而傳神，可就難上加難矣！「意足不求顏色似，丹青難寫是精神」，繪畫貴在追求「神似」，而不可刻意著重「形似」。

譬如畫美女西施的面貌，雖然纖毫畢陳，美艷絕倫，若無動人的神情，必難使人有怦然心動的感覺；再如畫勇士孟賁，儘管虎背熊腰，壯碩無比，然而在他銅鈴似的大眼睛裡缺乏英武的神彩，亦難令人有望而生畏的感受。

王充的《論衡》中云：「飾貌以強類者失形，調辭以務似者失情。」意思是說任何藝文創作，一味的偏重形象酷肖，不如認真的描摹其特色與神情。吳道子的人物畫，講求特徵的凸顯和動態狀貌的捕捉，目睹其形，如聞其聲，鮮活靈動，呼之欲出，這也就是「形似」不如「神似」的區別所在。

形貌只是外觀，神情才是內涵。繪畫講究情景並茂，神形兼備，只重景物的逼真與形貌酷似，畫來畫去，始終是個「畫匠」，而不能成為一個「畫家」；如果但求逼真與酷似，則攝影技術便可表現得淋漓盡致，又何必花費大量的精神與時間去鑽研繪畫的技巧呢！

法國的雕刻家羅丹說：「藝術家不像是俗人那樣的看待大自然，藝術家的感動是在揭發隱藏在自然外觀內部的事實。」事實上，一切的藝文創作，莫不是為了留住大自然界的美好部分；包括人、事、地、物稍縱即逝的動人情態，供人欣賞讚羨。藝術家之所以偉大，就在於他能看到一般人所看到的，更能描繪出一般所看不到的精彩內蘊；傑出的藝術創作之所以價值連城，永垂不朽，就是由於它所散發出來的動人華采和輻射出來的感人情韻，能夠令人剎那之間進入一個美妙奇幻之境界的緣故。

美國的詩人愛默生說：「美麗的姿態勝過美麗的面孔，美麗的行為勝過美麗的姿態。」年華已逝的女性比青春少女更為動人，全賴其優美的姿態與善良的行為，能夠鋪陳出一種解人的風韻而由以致之。如此說來，描繪出美女的形象還在其次，如何彰顯其神韻及風情才是最重要的課題。

傑出的畫作，應有傑出的欣賞者，方可顯現其不凡的價值。蘇東坡曾經老實不客氣的說過：「論畫以形似，見與兒童鄰。」單只是從像與不像的角度去評論一幅繪畫，識見簡直就是兒童的認知嘛，夫復何言！出色當行的藝術家，都知道要想畫出一個人的神情，必須在畫眼睛上多下功夫，即使一根根的頭髮都畫得非常仔細，實際上並沒有多大意義。

蘇東坡的友人文與可善畫竹子，曾經記述云：「與可畫竹時，見竹不見人。畫竹必先得成竹於胸中，執筆熟視，乃見其所欲畫者，然後急起坐之，振筆直遂，追其所見。」說明文與可在畫竹之前，一面凝視竹子，一面神馳心遊，發揮無拘無束的想像力與蓬勃昂揚的創造力，一幅姿態曼妙的「翠竹圖」已經在腦子裡清晰的成形後，隨即振筆揮灑，生動逼真，甚至還似乎聞其瑟瑟有聲呢！何以如此？因為他是用「寫意」的觀念來畫竹，而非「寫形」的手法，但求「神似」而不求「形似」。

以景融情，寓意於景，言外有意，畫中有情，須入乎內，又須出乎外。蘇東坡在為王摩詰的「藍關煙雨圖」題跋云：「味摩詰之詩，詩中有畫，觀摩詰之畫，畫中有詩。」譬如王摩詰的「大漠孤煙直，長河落日圓」詩句，寥寥十個字，豈不是活畫出廣闊無垠、蒼茫雄渾的塞上風光了嗎！而王維的繪畫更是詩意盎然呢！王摩詰在〈畫學秘訣〉中云：「咫尺之圖，寫千里之景。東西南北，宛爾目前；春夏秋冬，生於筆下。」咫尺之圖何以能寫千里之景呢？方法是抓住各地的特色，亦即以各地凸出的「地標」來代替，固不必巨細靡遺也。

王羲之的〈蘭亭集序〉書法，字既盡美，尤善佈置，所謂增一分則太長，減一分則太短，魚鬣鳥翅，花鬚蝶芒，油然粲然，各止其所，無不如意，毫髮之間了無遺憾。書法與繪畫原出於一爐，兩者之原理與規則多有相通之處。謝赫的〈敘畫〉中云：「畫有六法：一曰氣韻生動；二曰骨法用筆；三曰應物象形；四曰隨類傳采；五曰經營位置；六曰傳模移寫。」然則任何事情有原則就有例外，有規矩也有可以變通之處。石濤的《畫語錄》中就說：「凡事有經必有權，有法必有化。一知其經，即變其權；一知其法，即功於化。」意思是說不可為成法所拘泥，必須靈活運用，進而別出心裁，方可獨樹一格，更上層樓。

格必高然後為奇，意必深然後為工；色彩繁富而缺乏思想和感情的畫幅，照樣味同嚼蠟而無感人的力量。王安石〈詠石榴花〉云：「萬綠叢中一點紅，動人春色不在多。」僅祇是鮮艷的嬌紅一點，已足夠吸引觀賞者的視線，還會產生諸多遐思呢！李漁才情縱橫，特別重視繪畫之「機趣」運用，他說：「機者，傳奇之精神；趣者，傳奇之風致。少此二物，則如泥人土馬，有生形而無生氣。」

法國畫家米勒在描繪一位母親時，特別捕捉到她凝視懷中愛兒的神情，便抓住了母性聖潔的光輝，而這位母親的美醜已經無關緊要了。與其「寫形」何如「寫情」，「形似」容易「神似」困難，丹青難寫是精神，執筆作畫時尤應三復斯言！

未成曲調先有情

白居易的〈琵琶行〉中有句云：「轉軸撥弦三兩聲，未成曲調先有情。」說明彈奏琵琶，必須先有了炙烈的情感，然後方可撥弄出扣人心弦的音響；只不過是隨意試撥了三兩聲，便已使聽者感受到火熱的情興奔迸而出矣！

琵琶如此，任何樂器吹、彈、拉、擊亦復如是，開口歌唱尤其需要真摯的情意作為基礎，單憑聲調嘹亮與音韻悠揚，焉能使聽者為之動容乎？白居易另有詩句云：「古人唱歌兼唱情，今人唱歌唯唱聲。」感慨萬端的指出古人是用心靈在唱歌，今人只是用嘴巴在唱歌而已；沒有情感的歌聲，只不過是一堆徒亂人意的噪音而已。

絲竹管弦，鐘鼓磬鈸，加上人類的歌唱，構成了美妙的音樂；將自然界的風嘶鳥鳴、松濤海韻、流水淙淙、秋蟲唧唧，以及芸芸眾生的笑語、情話、嘆息、嗚咽，予以濃縮和重現；洗滌人們心靈上的塵垢，解除神經上的緊張，療治軀體上的病痛，補綴破碎的靈魂，引導人們進入一個無憂無慮，祥和音樂的崇高境界；所憑恃的不祇是抑揚頓挫的旋律與婉轉柔和的聲音，更重要的是其中充盈著無盡的柔情與濃郁的蜜意呢！

旋律不必過分高雅，歌辭無須冷僻艱深，所謂「陽春之曲，和者必寡」；一般人難以理解的音樂，自必無法引起共鳴。《列子》一書上說：「韓娥東之齊，匱食，過雍門，鬻歌假食，既去而餘音繞樑欐，三日不絕。」用以形容其歌聲優美且充滿感情，令人感動不已，其人雖去，但卻「餘音繞樑，三日不絕」，感人之深，不言可喻。

藉由音樂的旋律，能夠使歡樂的心緒更加激揚、鬱悶的心情得以紓解、痛苦的遭際獲致慰藉、哀傷於焉沖淡、希望油然而生；經由一縷抽象而流動的聲音之激勵，往往能產生意想不到的神奇魅力，足以使一個人對模糊不清的事象豁然開朗、對畏縮不前的心態鼓起了勇氣、對不敢奢望的心願產生了信心，遂使不可能的事居然變為可能。

音樂中所流露出來的感情介乎天人之間，音樂的位階是處於思想與現象的交集點上，音樂是心智與事物的媒介，但又是二者的主導者。它是一種抽象的精神，但卻有明顯的聲音，具體的節奏；它是一種具象的物質，但卻看不見也摸不著，根本不佔有任何空間。音樂是造物主和諧的聲調，其中不包涵任何具體的意義，但卻又包涵了無限而非比尋常的價值；假若沒有了音樂，所有的生命都將會失去色彩而黯然無光。

大自然界隨時隨地都在演奏音樂，人類所能理解及表現出來的音樂，比之大自然界只不過是九牛之一毛而已。劉勰的《文心雕龍》上云：「操千曲而後曉聲，觀千劍而後識器。」意思是說有了廣博的閱歷與豐富的見識，自必能具備欣賞的能力與創作的才情。人類飽受大自然界音樂的薰陶和撫慰，長時期習以為常的領受了，也不知不覺的噥噥唧唧、哼哼唱唱創造出許多動人的旋律呢！

杜甫在成都郊外居住的時候，曾有一首〈贈花卿〉詩云：「錦城絲管日紛紛，半入江風半入雲；此曲只應天上有，人間那得幾回聞。」所謂天上才有的曲調，其實就是難以模擬的天籟之音。大自然界的音韻包羅萬象，有時是金鼓齊鳴，有時是行雲流水，有時是喁喁低語，有時也會瘋狂的嘶喊與哀怨的傾訴；人類對於音韻的創作及詮釋，無非是在模仿大自然的一些皮毛而已。

《列子・湯問》中有一段話云：「薛譚學謳於秦青，未窮秦青之技，自謂盡之，遂辭歸。秦青弗止，餞於交衢，撫節悲歌，聲震林木，響遏行雲。薛譚乃謝求反，終身不敢言歸。」意謂秦青歌藝妙絕，引吭高歌，不但能夠引起林木的共鳴，連天上的雲彩也被歌聲鎮懾而停止了移動呢！白居易在〈琵琶行〉中則有詩句云：「別有憂愁暗恨生，此時無聲勝有聲。」音樂固然以聲響為主，但有時也以餘音繚繞，情韻深長而取勝，這也就是繪畫上講究「留白」

的道理；在那一段寂然無聲的時段裡，反而能海闊天空的發揮想像的餘地呢！更何況陸放翁還說過：「但識琴中趣，何勞絃上音。」這種全憑意會的音樂欣賞態度就更加玄妙了。

不管是唱歌或是演奏樂器，莫不需要純熟的技巧與豐富的情感。純熟的技巧非一蹴可幾，必須經過艱辛的磨練，還得要有相當的天分才行；豐富的情感亦非人人皆有，即使擁有豐富的情感，經常會被忽略，甚至不屑於隨意流露出來，生怕知音難覓而形成浪費。關漢卿有詩云：「雨裡孤村雪裡山，看時容易畫時難；早知不入時人眼，多買胭脂畫牡丹。」就是這種心態的最佳寫照。

激昂的音樂能使人振奮，柔美的音樂能使人恬適，悠揚的音樂能使人心平氣和，哀怨的音樂能使人感慨良深而心有戚戚焉！音樂之所以能使人感動、使人陶醉，厥惟其中所挾帶的豐富感情是賴，倘無感情，何來音樂？音樂只不過是一種媒介工具，目的是在抒發及傳遞內心的情感，其他藝文方面的表現，皆可作如是觀。

靈感的真象

「靈感」是一種激越的、超乎自然的、突如其來的感情湧現，而有一種奇異的精神感動與心靈意會；此時也，思維敏捷，頭腦清明，情緒昂揚，逸興遄飛，從事任何工作，都會收到事半功倍的效果，不獨文學創作及藝術工作者為然也。

宗教界有所謂「天啟」與「頓悟」的說法，也就是一種超越自然進度和軌跡的一種學習過程，由於忽然而來的靈明思維，令人在剎那之間豁然開朗，從而脫胎換骨，前後判若兩人。這便是「靈感」在一個人思維領域中所產生的神奇效果，難以究詰，也無從捉摸。

一般人所謂的「靈感」作用，大多偏重於詩文創作、藝術傑構、科學發明以及學術及事功上的成就；倘從「心理學」的角度來分析，「靈感」的湧現並非毫無來由，其實它原本是一種「潛意識」的活動，逐漸醞釀而成的蓬勃情興，待至時機成熟時，突然湧現於「意識」之中，看似神奇莫測，實則其來有自。

杜甫有詩句云：「讀書破萬卷，下筆如有神。」這是「詩聖」作詩的經驗之談，由於他博覽群籍，學識淵博，一旦從事創作時，輒能得心應手，如有神助，靈思慧語，層出不窮，彷彿湧泉而不能止休，咸譽之謂「神來之筆」。

既是「神來之筆」，想必是託天之幸，獨蒙神明的眷顧，賜予大量的智慧及哲思，遂能高瞻遠矚，洞燭機先，見人之未見，發人之未發，創作出一鳴驚人的錦繡的篇章，令人稱奇不已，更使人艷羨不置。實則並非真的得到神明相助，而是苦讀深思，積累了滿腹經綸；譬如蠶寶寶飽啖桑葉之後，一旦吐起絲來便能隨心所欲，看似莫測高深，其實都是事先所下的工夫使然，絕非憑空倖致，亦非莫名其妙的突然來到。何以販夫走卒沒有神來之筆的藝文創作呢？更何以音樂家只能譜出一首高明的樂章，而不能繪製出一幅出色的圖畫呢？就算他們獲得了豐盈的「靈感」，也只能在他們平日下過工夫的專業範圍內，方可有所施展；「靈感」來自工夫的累積，其理不辯自明。

《說苑》云：「學所以益才也，礪所以致刃也。」試以藝文之創作為例，首先必須多讀多看多學多問，俾使腹笥蘊藏豐富；其次則需要收攝精神，發抒志氣，內心既無纖毫掛滯，外在更具恢宏氣勢；然後執筆為文，不論工拙，自有一番磅礴景象與瀟灑意趣。所謂「先藏拙而後可鼓勇，先計算而後可圖前」，就是說明準備工夫的重要性；「凡事預則立，不預則廢」亦同一理也。

「靈感」似乎是捉摸不定的小精靈，如果你誠心誠意的期待它翩然光臨，即使望眼欲穿，也難得看到它的蹤影；倘若你根本忽略了它的存在，它卻突然會飄然而至，有如神靈附身般的，從頭腦到身體百骸，都會處於極端亢奮之中，而產生一種神秘的創造衝動，好像綽有餘裕的有能力來從事及完成平日認為十分艱鉅，甚至是不可思議的工作及任務。

然而「靈感」又好像非常缺乏耐性，如同一陣清風，來無影，去無蹤，無從把持，更難以掌握，瞬間的停留便又自顧自的飄然遠颺，令人莫可奈何！「靈感」的蹤跡很難尋覓，只有在無意間得之。有人得至枕上、廁上、驢背上、車船上；有人則得自樹間、湖畔、溪邊、橋頭或稠人廣眾的市衢之中；有人更得自鳥語花香、鳶飛魚躍、風起雲湧或扣人心弦的刺激之中。既然無從捉摸，也只好聽其自然了。

孔子的忠恕仁愛思想體系，是在厄於陳蔡之間，幾乎成為餓莩的情況下，所得到的「靈感」而悟出來的道理。吳道子最為得意的洛陽天宮寺壁畫，是在裴旻的劍法中得到的「靈感」所創出的筆意。王羲之的書法圓融活潑，是從審視鵝掌撥水得到的「靈感」所獲致的啟示。張旭的草書筆飛墨舞，自道是看見擔夫爭路所得到的「靈感」而加以描摹而成；後來又看到公孫大娘舞劍，益使其獲致飛舞幻變的神韻，遂使其書法造詣出神入化矣！

最使人掃興的是正值「靈感」泉湧之際，抖擻精神正在從事一項創作時，卻突然受到一些莫名其妙的打攪，「靈感」便會一下子消失淨盡。例如門鈴聲、電話聲、鄰家犬吠或有客來訪，都會立刻把靈感嚇跑。謝無逸問潘大臨近來有詩作否?潘大臨回信云：「秋來日日是詩思，昨日提筆得『滿城風雨近重陽』之句，忽催租人至，令人意敗，僅以此一句奉寄。」這便是「靈感」絕裾而去的典型例子。

有人經常受到靈感的眷顧，有人卻難得看到「靈感」的芳蹤。前者是天縱睿智，穎悟過人，擺在任何行業之中，均能表現出非凡的才情，獲致卓越的成就；後者則是笨拙不堪，反應遲鈍，費力大而收效微，甚至是徒勞無功，給終無法突破瓶頸。如此看來，「靈感」又似乎是一個非常挑剔的雲遊者，習慣於在名山大川間駐足，更經常在智慧的典籍中徜徉，當然也喜好在明窗淨几間休憩；倘若你也能多到上述各處走動，接觸「靈感」的機率，必然會增加不少。

「靈感」不是隨便可以呼之來、喝之去，甘心聽人使喚的奴隸，也不是心誠則靈可以祈求得到的神明；倘若抱著排排坐、吃菓菓的心態，認為總能分到一些，或者是堅信小鬼頭曬太陽，遲早總會輪到我的觀念，最後必然是一無所得。唯一靠得住的辦法便是勤加修練自己，只要工夫深，「靈感」便會不請自來，自助天助，「靈感」尤其如此。

書到用時方恨少

玉不琢不成器，人不學不知義；書到用時方恨少，事非經過不知難。

荀子嘗言：「善學者盡其理，善行者究其難。」程頤有云：「外物之味，久則可厭；讀書之味，愈久愈深。」讀書不透，多亦無益，然亦未有不多而能透者。世人每以過目成誦為能，殊不知走馬觀花，應接不暇，眼中了了，心下匆匆，一晃即過，何所補益哉！

識時貴知合，通情貴閱世，敏而好學，不恥下問，借人之長，補己之短。學以立名，問則廣智；書本中真正研究的不外乎宇宙萬物，更重要的重點無非是人。以期用學問的鑰匙，開啟天地的奧秘；更以學問的明鏡，鑑別人世間的奇幻景象。

多詐的人輕蔑書本，單純的人仰慕書本，聰明的人利用書本。書籍富如瀚海，而人之生也有涯，豈能兼收並取，只能選擇有益身心之書讀之；學必求其心得，業必貴於專精；大志非才不就，大才非學不成。《菜根譚》上云：「讀書不見聖賢，如鉛槧傭；居官不愛子民，如衣冠盜；講學不尚躬行，為口頭禪；立業不思種德，為眼前花。」善讀書者，必須全神貫注，全心投入，讀到手舞足蹈處，思到心融神洽時，方可不拘泥於跡象而深入堂奧矣！

明代大儒陳繼儒埋頭苦讀，涉獵極廣，其師猶勉之云：「未讀盡天下書，不敢輕議古人。」之後陳繼儒讀書愈多，愈覺自己的淺薄渺小，嘗謂：「真能讀盡天下書，益知古人不可輕議也。」然而書是死的，一成不變；人則是活的，所處環境瞬息萬變；因之必須活讀活用，方不致變成書獃子一個。孟子嘗言：「盡信書，則不如無書。」曹于汴亦說：「古人之書不可不多讀，但卻靠書不得。」胡適更說：「讀古人的書，一方面要知道古人聰明到怎樣，一方面也要知道古人傻到怎樣！」西諺也說：「愚蠢的學者，遠比愚蠢的文盲更愚蠢。」都是說明一味鑽進周禮之章句，執著於漢唐之詩傳，而不能舉一反三，觸類旁通，仍不足以應世接物也。

春秋時代齊國大夫粱丘，非常佩服晏嬰的品德及學識，晏嬰則說：「為者常成，行者常至，吾與一般人並無差別，只是常為而不擱置，常行而不停止而已！」道出了「凡事勤則易，不勤則難」的真理，倘若淺嚐輒止或自暴自棄，豈能有濟乎！

三國時期東吳名將呂蒙，軍務繁忙，無暇讀書，孫權勉其務要勤務學問，並自認經常讀書，收益頗大。於是呂蒙埋頭苦讀，不久後魯肅路過潯陽與呂蒙暢談天下大事，大驚道：「卿今之才略，非復吳下阿蒙矣！」呂蒙答：「士別三日，即更刮目相待，大兄何見事之晚乎？」可見欲令人刮目相待，增長學問就是長足進步的終南捷徑啊！

南北朝時期北魏車騎大將軍李琰之，每有空暇輒閉門讀書，不願參加任何應酬活動。他認為喜歡讀書，不是為了追求身後的名聲，只是為了求知而已；是以孜孜搜討，欲罷不能，此乃天性，非外力所強制。這種純為求知的閱讀習慣，才是治學的真諦呢！

南北朝時期王韶之家貧而好學，曾經三日絕糧斷炊，但卻依然手不釋卷，誦讀不輟。家人誚之曰：「困窮如此，何不力耕！」王韶之悠悠答云：「我正在書田中耕耘啊！」如此用功，終至揚名而為吳郡太守。

北宋名臣歐陽修為「唐宋八大家」之一，為文明白流暢，平生所作文章多在「三上」，亦即：馬上、枕上、廁上也。他認為只有這些時候，心神凝聚，最宜構思也。

北宋名臣司馬光倡言：「書猶藥也，善讀之可以醫愚。」幼時聰慧不若眾兄弟，因而加倍用功始能成誦；詠其文而思其義，用力多者收功遠，其所精通者，乃能終生不忘也。

北宋龍圖閣直學士楊時，前往洛陽拜謁理學大家程頤，當時程頤正伏案打盹，楊時不敢驚擾，乃侍立門外移時不去；待程頤一覺醒來，門外落雪已達一尺深矣！之後人們便把「程門立雪」的故事，作為敬重師長，虛心求教的典型，苟能如此，學問豈不突飛猛進乎！

南宋經學家張九成，曾因反對和議謫居橫浦十四年，寄住城西寶果寺，每日淩晨即捧書站在窗下誦讀，不但解除了謫居的枯寂，更使學問大幅增進；後來起復離去，窗下石板上雙腳印痕隱然可見。

清代文學大家朱彝尊，經過明、清交替時代的戰亂歲月，為生計所迫奔走四方以謀枝棲；經常典衣購買斷帙殘編以為樂事，他明白無知比窮困更為可怕的道理，而能節衣縮食，終至遍覽天下奇書，而成為一代名家。

清代桐城派文學家劉開，幼時孤貧為人牧牛，聞塾師誦書，竊聽之，盡記其語。塾師奇之，乃留其在塾中讀書，並以其女妻之。年十四時，攜文章拜謁文學名家姚鼐，姚鼐譽之為國士，悉心傾囊相授，才名於焉大噪。

讀書得之最多，講論得之尤速；思慮得之最深，行事得之最實。夫才須學也，學貴識也；有才情而不勤學是為小慧，有小慧而無識見是為不才。惟有才有識乃能知所從、知所奮、知所決；而後膽氣豪壯，毅力堅強，舉世非之、舉世譽之，皆安之若素而無動於衷。

人生就是一篇大文章，世界更是一本大書。人生常常被斷簡殘篇封錮了、煙沒了，而難覓本來面目；世界往往被光怪陸離的情節擾亂了、掩蓋了，而無法窺見其真正的寶藏。我們必須撥開外物，掃除表象，去挖掘、去咀嚼、去尋覓、去消化，所謂固本浚源，必將受用不盡。翁承贊有詩云：「池塘四五尺深水，籬落兩三般樣花；過客不須頻問姓，讀書聲裡是吾家。」不禁令人悠然神往，為之艷羨不已。

「讀萬卷書，行萬里路」，不讀書無以擷取他人的長處，不遠行無以增廣見聞；惟有將書中所載與眼前所見互相參證，遂能活學活用於實際作為之中，方能成為建功立業的堅實基礎。《菜根譚》上有云：「人解讀有字書，不解讀無字書；知彈有弦琴，不知彈無弦琴；以跡象用而不以神靈用，何以得琴書之趣！」

學然後知不足，教然後知所困。學不博者不能守約，志不篤者不能力行。袁枚有詩云：「名須沒世稱才好，書到用時讀已遲。」倘能平時多讀好書，必能得道多助，有先見之明，更有力行之功。

書香・茶香・酒香

不必在乎一個人乘坐名牌汽車，而應注意他經常閱讀的是那一類書籍。

書籍是人類累積知識、經驗與智慧的寶庫，有的書籍只須淺嚐輒止，有些書籍則必須生吞活剝，更有些書籍勢必要仔細咀嚼才行。很難想像一個沒有書香的社會是個什麼樣子，卻有人說一間沒有書香的屋子，有如一個沒有窗戶的房間。

就人情物理而言，惟讀書方能通達世務。《進德錄》有云：「讀書所以窮理也、體道也、修身也。」倘若把讀書當作是攫取富貴的工具，則學問愈大為惡亦愈烈也。李衡認為：「讀書須先識字，固有讀破萬卷而尚不識字者，例如孔光不識進退字，張禹不識剛正字，許敬宗不識忠孝字，柳宗元不識節義字，此皆為學者之戒。」

除了野蠻的國家及地區而外，整個世界都乖乖的被書本統治著。書本是我們的良師益友，我們能有多大成就，就要看我們在書本上投下了多少時間與精力，從而獲得了多少經驗與教訓而定。

如果完全不曾讀書識字的人，便永遠受制於人，一生一世上不了檯面，無須對他過分注意，以誠待之即可，必能獲得湧泉回報；倒是要小心提防僅僅只讀過一本書的人，一知半解，自以為是，再加上一意孤行，就十分可怕了。

其人坐擁書城，則雖貧亦富；其家書香四溢，必然妻賢子孝，和睦興隆。如果在一個人的身上找不到一點書卷氣息，則此人的品味及發展必定大受侷限；倘若在一個家庭之中，嗅不出一絲書香的芬芳，不消說，這個家庭的和樂與興旺便大大的值得懷疑了。

茶香嬝嬝，心閒神馳，輕啜淺嚐，謂之「品茗」。最適宜品茗的時間是：「心手恬適，披詠疲倦，聽歌拍曲，歌罷曲終，杜門避事，鼓琴看畫，佳客小姬，剪燭話舊，風日晴和，明窗淨几，輕陰微雨，小橋畫舫，茂林修竹，荷亭避暑，酒闌人散，訪友初歸，小院焚香，兒輩齋館，清幽寺觀以及名泉之畔。」

茶是雅潔的象徵，閒適的代表；從採摘烘焙到烹煮取飲，都必須力求清潔與幽雅，方能體會出茶香的真正樂趣。飲茶以客少為宜，客眾則喧，喧則雅趣盡失矣！獨啜曰幽，二客曰勝，三四曰趣，五六曰汎，七八曰施。倘若巨壺傾注，滿杯牛飲，或求少溫，或喜濃苦，不過解渴而已，完全不符合「其旨歸於色香味，其道歸於精燥潔」的品茗要求。

品茗是一種享受，也是一種禮儀。除了許多繁文縟節而外，單就其趣味而言，一杯在手，熱氣蒸騰，陣陣清香，撲鼻而來；喝過之後，苦盡甘來，齒齦留香，久久不散，潤喉清肝，滌胃洗腸，生津止渴，爽神怡情，且能產生一種旖旎的幻覺。蘇東坡曾以美女喻茶，因此便有所謂第一泡略帶苦澀味道，恍如十二三歲幼女；第二泡最為可口，猶如二八佳人；第三泡色香味均已遜色，算是飽經滄桑的少婦了。

嗜好品茗而又懂得烹茶的人，不但是個雅人，而且是個信人，因為心中毫無富麗繁華的景象和念頭時，方能真正享受到啜茶忘喧的樂趣；而茶味嬌嫩，必須貯於冷燥之處，烹茶之水及壺杯之選擇，添加物之匠心獨運，均須十分仔細而有耐心，若非信實之人，曷克致此。

酒能增加歡樂氣氛，濃郁的酒香在空氣中飄散開來，一下子便能使人有意趣盎然的感覺。昔時的文人雅士，似乎都與美酒結下了不解之緣，陶淵明和蘇東坡日日不離酒，算得上是無酒不樂；阮籍和李白嗜酒如命，最後竟賠上了性命。王績有詩云：「阮籍醒時少，陶潛醉日多；百年何足度，乘興且長歌。」酒能澆愁，除憂來樂，酒能遣興，更能使得靈感泉湧。

有些人真的是嗜好杯中物，已臻於如癡如狂的地步；有人衹是酷愛飲酒的情趣，但並不善飲。李笠翁、袁子才、袁中郎及林語堂等人，都是「兩杯倒」的角色，但卻能把飲酒的樂趣與好處說得途途是道；認為一個人在半醉時，說話含糊，喋喋不休，這便是至樂至適的境界。

古代把酒漿看成是一種朝會祭祀中的聖品，後來卻把它當做是一種除憂來樂的媒介物。聞到酒香就能使人興奮莫名，一杯下肚便能感到通體熱力蒸騰；兩杯三杯以後，似乎有一種強烈的自信心油然而生；再往後便會感到飄飄然，似乎脫離了現實的羈絆，有一股強烈的幻想與衝動，開始想要表達一些心中的願望；這也就是人類創造過程中，最需要的原動力與冒險性。

「茶如隱逸，酒如豪士，酒以結友，茶當靜品」。古人講究春飲宜庭，夏飲宜郊，秋飲宜舟，冬飲宜室，夜飲宜月；而醉花宜晝，醉雪宜夜，醉得意宜歌唱，醉別離宜擊鉢。今人沒有上述那麼考究，遇酒則開懷牛飲，不醉弗歸，喧鬧狂歡，猜拳行令，個個得意忘形，完全失去了飲酒的意義與樂趣。

能夠兼具「書香、茶香、酒香」欣賞能力者，是雅士、是豪士、更是有為有守且懂得生活情趣的豁達人物；倘若衹是對其中的一種情有獨鍾，且酷嗜成癖的話，很可能有變成書呆子、隱逸者與酒瘋子的可能呢！

讀書之樂

朱熹的〈四季讀書樂〉，廣為一般士子所喜愛，其中之警闢語句有：春季「讀書之樂樂何如？綠滿窗前草不除。」夏季「讀書之樂樂無窮，瑤琴一曲來薰風。」秋季「讀書之樂樂陶陶，起弄明月霜天高。」冬季「讀書之樂何處尋？數點梅花天地心！」

宋真宗的〈勸學篇〉中，說是「書中自有千鍾粟，書中自有黃金屋，書中自有顏如玉，書中車馬多如簇」。雖然偏重於功利主義，然而讀書明禮尚義，讀書出孝入悌，讀書講信修睦，讀書變化氣質，確實是受益無窮；而書中還有甜如蜜、甘如飴、醇如酒、和煦如春陽、潤澤如雨露的諸般樂趣，亦為不爭之事實。

明初才子型的人物解縉，深受明太祖朱元璋的愛重，嘗言：「朕與爾義則君臣，恩猶父子，當知無不言！」於是解縉上「萬言書」，復獻「太平十策」，帝稱其才，然未立即採行，解縉之父入覲，帝諭曰：「大器晚成，可攜之歸，益令其苦讀，後十年再來大用未晚也。」

解縉歸而日夕誦讀，曾有一首〈讀書吟〉云：「讀書好，讀書好，讀得書多無價寶，迢迢良夜不辭勞，咿唔之聲直到曉。勤用功，趁年少，書傳熟尋思，經旨細論討，聖賢心學要推明，古今事業精研考。莫厭經史繁，只恐工夫少，一理心內融，萬卷胸中飽，信口吐珠璣，詞源三峽倒，滿紙生雲煙，筆陣千軍掃。朝中盡是讀書人，世間只恨讀書少，堪嘆紛紛遊冶郎，端然不知讀書好。」把讀書的好處及妙處，描繪得淋漓盡致。

古往今來的書籍猶如汗牛充棟，學問如寶山，知識似瀚海，有人入寶山滿載而歸，有人入寶山卻空手而回，航向瀚海亦猶是也。如何妥加選擇？如何提綱挈領？如何舉一反三？如何觸類旁通？端視各人讀書的動機、誠意、慧性及恆心而定；倘若糊裡糊塗的亂讀一通，即使是讀破萬卷，祇不過是個書呆子而已，好比愚騃參禪，半生青燈古佛，始終吐不出一句空靈的禪語。

朱熹一生飽覽群籍，著作等身，他從艱苦得來的經驗，認為要專一精純，持之有恆，虛心平氣，循序漸進，熟讀精思，兼取眾善；要耐煩辛苦，要今是而昨非，不可有先入之見；尤忌博而無統，除功利心，更不宜貪多。他在治學方面，有四句緊要的話云：「寧繁毋略，寧下毋高，寧近毋遠，寧拙毋巧。」值得吾人仔細體會玩味。

有人過分重視讀書的環境及時間，非常講求環境的清靜，最好是窗明几淨，花香鳥語的所在；至於時令、氣候、人事的配合，更有多種挑剔，其實並沒絕對必要。曾國藩就曾經大不以為然的說道：「苟能發奮讀書，則家塾可以讀書，即曠野之地、熱鬧之場，亦可讀書，負薪牧豕，均無不可讀書。苟不能發奮讀書，則家塾不宜讀書，即清靜之鄉，神仙之地，皆不能讀書。」可見能否靜下心來，專心致志的來讀書，全在主觀情緒的操持，與旁觀的時空環境，並沒有因果性的關聯。

《幽夢影》一書的作者張潮認為追求知識，無非是要認識這個世界，知識不限於從書本中獲得，處處留心皆學問，知識更是無所不在。他說：「善讀書者，無之而非書；山水亦書也，花月亦書也。能讀無字之書，方可得驚人妙句；能會難通之解，方可參最上禪機。」揆諸事實，的確如此，隨處留意，自必獲益良多。

清代學者陳澧在他所著的《東塾遺稿》中有云：「心要常虛明而不可熱，熱則昏矣！非特名利之心不可熱，著述之心亦不可熱；常湛然朗然，超乎萬物之上，而後可以讀書，可以著書。」代表了一種恬澹高潔的心志，為讀書而讀書，方能得到讀書的真正樂趣。

讀書旨在增長見識，博採周諮已經成為現代人立身行事的先決條件。梁啟超的《飲冰室全集》中有一段話說：「我們一面要養成讀書心細的習慣，一面又要養成讀書眼快的本事；心不細則毫無所得，等於白讀；眼不快則時間不夠用，不能博搜資料。」除了眼睛多看以外，尤其重要的是還要多問，孔老夫子當年曾在洛陽銅駝巷，問禮於老子，不憚其煩，巨細靡遺，路人揶揄，亦毫不放在心上；所謂學必有疑，有疑則問，問明之後，學乃大進。孟子所謂「學問之道無他，求其放心而已矣！」心中懸疑，焉能放心得下，問得清楚，疑惑盡去，了無掛礙，乃能放心。

「友天下士，讀古人書」；「為善最樂，讀書更佳」；「名教自有樂地，詩書是我良田」；「閒居足以養志，至樂莫如讀書」；「書有未曾經我讀，事無不可對人言」。莫不把讀書當成了最大的快樂，人生就算是名利雙收，倘若是胸無點墨的草包一個，即使有享用不完的榮華富貴，不旋踵間已化為過眼雲煙，到頭來不過是與草木同朽而已；倘若是讀書明理，胸中有山有水，人生的境界自是不同，生命的光輝自亦璀璨光華矣！

「立德齊古今，藏書教子孫」；「榻因知己設，書為課兒藏」；「貧不賣書留子讀，老猶栽竹與人看」；「教子一經緗帙重，傳家百忍畫圖寬」；「荊樹有花兄弟樂，硯田無稅子孫耕」；「世上幾百年萬家無非積德，天下第一件好事還是讀書」。所謂坐擁書城，胸羅錦繡，雖貧亦富；而金銀成堆，腦滿腸肥，實則雖富實貧。國人向以耕讀傳家自勉，以硯為田，以筆為犁，以書為傳家之寶，固然樂在其中，而且也是絕頂聰明的觀念及作法。

「美人自古如名將，不許人間見白頭」，沉魚落雁，閉月羞花的美貌佳人，叱咤風雲，馳騁疆場的英雄豪傑，都經不起歲月的磨折，而在時光的洪流中枯萎凋零。「千金立碑高百尺，終作他人柱下石」，瓊樓玉宇，莊嚴城堡，巍峨殿堂，華屋明堂，曾幾何時，也盡在風雨剝蝕下成為斷垣殘壁。惟獨經、史、子、集可以萬古常存，永垂不朽，不受時間侵掠，更無視於空間的限制。

梟雄人物藐視書籍，浮滑人物嫌惡書籍，愚拙人物驚服於書籍的淵博，而惟有腳踏實地的人，才真正知道痛下工夫去研讀書籍，並加以有效的運用。徒有明敏的智慧不足以自恃，必須依賴經驗及閱歷方可立於不敗之地，進而向成功立業的目標邁進；與其碰得頭破血流去獲取經驗與閱歷，何如從書本中不費吹灰之力，便可把古往今來聖賢豪傑、仁人志士的經驗和閱歷，照單全收，攫為己有，費力小而收穫大，天下便宜之事莫過於此，又何樂而不為呢？

至於陶冶性靈，增廣見聞，獲取知識，啟迪智慧，引人入勝，解決疑難，美化人生與充實涵養，皆為讀書的益處，尤為讀書之樂事。

好書不厭百回讀

已經是十多年前的事了，第二次全國性文藝會談在臺北劍潭青年活動中心召開，無意間獲得了一個寶貴的經驗，使一向以「一卷在手其樂無窮」的我，頓時進入另一重嶄新的境界，甚至終生受用不盡呢！

在會議的休息空檔時間，有一位文友手持記事簿，逢人便問：「影響你最大最深的一本書是什麼？」據他的解釋說：「今天與會的都是藝文名家，每人推荐一本，加起來就有三四百本，除去雷同的或與自己興趣無關的以外，大約還賸二百本左右，如果能夠加以精心研讀，不但可以省去許多選擇好書的麻煩，一定可以得到事半功倍的效果！」我覺得他這個辦法實在是妙不可言，他不但不信賴連篇累牘的書刊廣告，甚至更不屑一顧書評一類的推介性文章，祇是誠懇的向他認為夠水準的文友們虛心求教，在實質的意義上，許許多多的文友們，不啻是作了他義務的「書探」，當然我也告訴了他影響我最深的一本書。

古人言「開卷有益」，時至今日，這句話卻大有商榷的餘地，好書固然能使吾人心忻神馳，意興遄飛，昂揚奮發，蓬勃向上；而徒亂人意，不知所云，甚至荒誕不經、陰謀導誤的書刊，也所在多有；如何加以選擇，就要靠自己靈明的智慧，以及他人的忠告來加以抉擇了。

一個真正的讀書人，選擇他心目中的好書，不在乎裝訂是否精美，因為他不需要把一排一排精美的圖書，排列在考究的書架上充場面；「書如春山常亂疊」，儘管放置得雜亂無章，但是每本值得閱讀的書籍，無不以紅藍鉛筆圈圈點點，還不時在書頁的眉邊加上自己的批註呢！

以我自己的習慣，大抵上把我愛讀的書籍區分為四大類，也就是「架上書」、「案頭書」、「枕畔書」與「袋中書」。架上書自然是不忍丟棄，日後還有查考的價值者；案頭書則是有助於日常運用，隨時可能加以翻閱者；枕畔書乃引人遐想，怡情養性，甚至讀上幾頁便能恬然入夢，夢境裏也充滿了鳥語花香；另外就是袋中書了，這一類書籍常有芬芳的吸引力，使人欲罷不能，非要把它隨身攜帶，俾便隨時抽空繼續探究未完的篇章。

人心之不同各如其面，芸芸眾生之中，沒有兩個人的面孔是完全相同的，即使是孿生兄弟或姊妹，也會有或多或少的差異存在；因此，每個人的興趣與價值觀也言人人殊，有人拚命的聚積財富，有人刻意的追求名位，有人一味的講究物質享受，有人則整天沉湎在聲色犬馬與吃喝玩樂之中。事實上，財富、名位、享受與玩樂，表面上看起來雖然是五光十色，多彩多姿，足以使人目眩神迷，但是骨子裏卻大大腐蝕了人們清明的靈性，而至於日見蒼白貧乏、浮淺躁切的境地。

人生最大的快樂和幸福，還在於始終能夠保持平靜寧謐的心情。粗茶淡飯自有真味，何必山珍海鮮；安步當車別饒情趣，焉用高車駟馬；竹籬茅舍充滿詩情畫意，清晨能在鳥聲中醒來，實在是人生莫大的享受，何必華堂綺院，落得個空寂落寞的感受；布衣芒鞋足可保暖禦寒，爽適自在，何必綾羅綢緞，作了個錦繡的奴隸呢！物質層面既略如上述，精神生活亦復如是，與其挖空心思追逐感官的刺激，到頭來心倦神怠，何如坐擁書城，隨時與賢者把臂，與智者對晤，足不出戶，便能盡悉天下古今，人生茍能如此，豈不就是最大的福氣。

人類之所以能夠主宰萬物，除了雙手萬能之外，更重要的就是具有靈明的頭腦，而且還能夠把經驗和智慧匯集起來，運用文字及圖形加以記錄而成為書本，以供給後來的人汲取；正確說來，人類比其他動物高明，就在於知道讀書的重要。

「貧者因書而富，富者因書而貴，貴者因書而盛，盛者因書而久。」貧窮的人儘管衣食不繼，倘若飽讀詩書，滿腹錦繡，在實質的意義上他仍然是富有的；而家貲萬貫的富人，倘若浮淺無知，孤陋寡聞，他的富有並不能贏得人們的尊重與仰慕；就算你是個聲名顯赫的人，如果多讀幾本有益的書籍，必然能使你的風範與氣韻更加高華亮麗；為著維持長久受人艷羨敬重，唯有時時不忘讀書，方可與時俱進，不至於經不起時間的考驗，而迅即為時代的洪流所淹沒。

「人」須求可入「詩」，「景」須求可入「畫」，「物」須求可「珍藏」，「書」須求可「傳世」。詩化了的人物，畫一般的風光，值得珍藏的物品，以及經得起藏之名山，傳諸後世的書籍，都是天地之間靈秀之氣的凝聚，一旦有緣把晤，豈可失之交臂？好書就像是詩化了的人物面對你娓娓清談，也像是畫一般的風光使你怡情悅目；古人說：「天下事利害參半，唯讀書有利無害。」雖然功利味道太重，也難免世俗了些，最起碼多讀幾本有益身心的好書，不祇可以立於不敗地位，從而在做人處事上紮好穩固的基礎，乃是不爭的事實。

談到功利主義，宋真宗的〈勸學篇〉云：「富貴不用買良田，書中自有千鍾粟；安房不用架高樑，書中自有黃金屋；娶妻莫恨無良媒，書中自有顏如玉；出門莫怨無人隨，書中車馬多如簇；男兒欲遂平生志，三更勤向窗前讀。」完全是一種「學而優則仕」的落伍觀念，認為用書本便可搭成一架直通青雲之路的階梯，似乎嚴重的忽略了讀書的積極意義與實用價值；拋開顏如玉、千鍾粟、黃金屋不談，一切的知識、經驗、智慧、教訓，皆可從書本中輕易獲取，而這些都是我們成功立業不可或缺的要件啊！

世間好書甚多，唯真正能夠讀到一本匡世道，振人心，提振生命意趣，昇華生活品質者則不可多得。倘能以豐沛的熱情和愛心，透過深刻的人生閱歷與紮紮實實的淵博知識，像是枝頭的鳥語，山中的松濤，潺潺的溪聲，夜靜的潮音，不疾不徐，猶如好友促膝談心；有說理、有剖白、有比對、有印證、有忠告、更有勸誡，直如暮鼓晨鐘，發人深省，又好似當頭棒喝，令人猛然警悟。一個人的一生能夠讀到幾本好書，實在是莫大的福分。

除了父母尊長的耳提面命，學校老師的諄諄教誨而外，在濁濁入世之中，想要得到一些有益的教訓，是一件多麼不容易的事啊！誰願意出力不討好的喋喋不休，而且甘冒被排斥、被厭惡的風險來向人說教呢？只有古道熱腸的慊慊君子與不計利害的哲人志士，才肯以其火熱的愛心和誠摯的態度，毫不保留的把自己的人生體念，化為逆耳忠言，一五一十的呈現在世人面前。

很多人都皺著眉頭，表示十分厭煩別人向他說教；其實說教隨時隨地都在不斷的進行，不是原則問題，而是技術問題。人生是很嚴肅的，豈能在嘻嘻哈哈中成熟長大。每個人從呱呱墜地開始，便不停的接受各種各樣的約束、教導、訓斥、責備、鼓勵或批評，就像是一株幼苗一樣，必須經過不斷的灌溉、修剪，才能長成有用之材，人類的品性與行為尤其如此。

科技的知識易得，敦品勵行的理念難求，如果能在空洞枯燥的說教之中，飽孕一些言之有物的說理成分，穿插一些實際具體的例證，乃能產生一種自然感人的說服力，以及潛移默化的神奇效果，使人在不知不覺之間接受其要旨和理念，更進而轉變成積極奮發的行動，豈只對個人受益無窮，對人類社會也會產生可觀的效果。

從書本上獲取經驗和教訓的人是絕頂聰明的人，憑恃自己橫衝直撞，弄得頭破血流，付出慘痛代價，才能獲得一些經驗和教訓的人就傻得可憐了。許多勵志性質的書籍是我案頭的良師益友，是挽救我身心交瘁與情緒低落的仙丹妙藥，受惠良多之餘，心生蓬勃的感激情愫，不敢私祕，遂以「禹聞善行則拜」的心情，竭誠剖陳內心的感受如上。

讀萬卷書不如讀好書

常言道：「積財千萬，無過讀書。」又說：「讀書破萬卷，下筆如有神。」因而人們以「行萬里路，讀萬卷書」來自誓自詡，更為榮為樂。

諸葛亮說：「非淡泊無以明志，非寧靜無以致遠。夫學須靜也，才須學也，非學無以廣才，非志無以為學。」意思是說研究學問必須靜下心來，立定志願，鍥而不捨，乃克有成。如此說來，「行萬里路」是動態的，不必急於施行，「讀萬卷書」是靜態的，必須及早為之。

「少壯不努力，老大徒傷悲」，人的一生時光有限，而知識領域無窮無盡，必須及時努力，方可期其有成。或囊螢映雪、或鑿壁偷光、或焚膏繼晷、或發憤忘食、或牛角掛書、或載酒問字、或程門立雪、或負笈追師、或手不釋卷、甚或頭懸樑而錐刺骨，以至於三年不窺園，十載寒窗苦讀勤學；抱著學海無涯，唯勤是岸的心理，孜孜矻矻，全力以赴，無一事而不學，無一處而不學，而終底於成。

人不讀書，猶如夜行；書本就是藥石，讀之可以醫治愚妄。為善最樂，讀書更佳；士不厭學，故能成聖。人世間的萬事萬物，非藉學問而不明究竟，非博聞洽識而難辨真偽，學問愈博則才識愈廣愈遠。既博於外而尤精於內，明其理更須達於事；大志非才不就，大才非學不成。一面勤學，一面更須勤問，邊學邊問，相輔相成；非學無以致疑，非問無以廣識，雙管齊下，效果倍增焉！

玉不琢不成器，人不學不知義；讀書百遍，其義自見。無知無識往往是罪惡的根源，有了學問便掌握了打開宇宙奧祕的鑰匙；倘能把時間與精力花費在研讀書籍上面，便可經由他人辛苦得來的經驗與見解，輕易的改善自己的才識與能力。追求學問是走向光明之路，不務學問無疑是沉淪於黑暗的深淵。朱熹嘗言：「讀書之法，當循序而有常，致一而不懈，從容乎句讀文義之間，而體會於操存踐履之實，然後心靜理明，漸見意味。」立身以力學為先著，力學以讀書為本，讀書應踏踏實實的循序漸進，持之以恆，不可好高騖遠，尤不宜囫圇吞棗也。

《呂氏春秋》上云：「物固莫不有長，莫不有短，人則亦然。故善學者莫不假人之長，以補己之短。」用以勉人虛心學習，以期吸取別人的長處以補自己的不足。讀傑出的書籍，有如和傑出的人物促膝交談；讀一本有用的書，猶如交到了一位良師益友；倘能多讀一些好書，必能得道多助，無往而不利。天下事沒有比讀書更廉價更永恆的快樂，也沒有比讀書代價有限卻收穫豐碩的了。

孔子作《春秋》，亂臣賊子懼，後世常以「秉春秋之筆，明善惡之辨」來形容文章之可貴。《春秋》上有一段關於為學的說法云：「博學之，審問之，慎思之，明辨之，篤行之。有弗學，學之弗能，弗措也；有弗問，問之無知，弗措也。有弗思，思之弗得，弗措也；有弗辨，辨之弗明，弗措也；有弗行，行之弗篤，弗措也。人以能之己百之，人十能之己千之。果能此道矣，雖愚必明，雖柔必剛。」意思是說研究學問務求廣博，更要多問、多想，才能有所收穫；然後再能明白辨別，徹底予以實踐，以期發揮學問的功能。只要專心致志，百折不撓，奮勉力行的結果，必能使愚魯變為穎明，使柔弱轉為剛強。

人類呱呱墜地時，並無貴賤貧富的分別，唯有勤於學問、廣知世事的人，才能成為高貴的人和富有的人；而無學問又無知的人，必將成為低下的人和窮苦的人。問題是人人都有旺盛的求知慾，但是不見得皆有足夠的耐性，儘管起初大有氣吞全牛之概；然而一遇困難，則不僅頹然而氣餒，淺嚐輒止或中途而廢者比比皆是；以是追求學問者固多，但真正獲益者卻極少。

尤其重要的是讀書既要廣博，更要知所選擇。昔時的書籍已經是汗牛充棟，浩瀚無涯，即使白首亦難窮經；今日的資訊發達，知識爆炸，固然不乏經典之作，而灰色的、黑色的、裹以糖衣帶有毒素的、標新立異離經叛道的、譁眾取寵或邪說怪論的，皆紛紛出籠，使人眼花撩亂，選擇為難；稍一不慎，便會墜其術中，未受其益，先受其害，如何選擇好書，就成了目前追求學問的首要課題。

袁枚說：「讀書猶如吃飯，善於吃者長精神，不善於吃者生痰瘤。」不可為其表相的色、香、味所迷惑，必須善加探究和選擇，方不致受其毒素而有益身心。魏源說：「讀書求知，猶如食筍而去其籜也。」說明從書本上吸收知識，應該取其精華去其糟粕。陸世儀說：「凡讀書須識貨，方不致錯用功夫。」倘若不加辨識，不祇是瞎費功夫，還會受其毒害呢！

奮飛端讀好書，凡讀無益之書籍，皆屬玩物喪志，非但難以奮飛，尤足受其麻痺而有翅難展。好書有其一定的命意、蓬勃的精神、建設性的理念與光明的引申，認真的去讀它，會受到潛移默化而受益多多；不好的書籍，寓意灰黯、立論怪異，詭譎萬端，難明就理，倘無堅毅之定力，極易受其蠱惑而受害無窮。

時至今日，所謂「開卷有益」的觀念已經受到嚴酷的考驗，必須妥加選擇才行，不是隨便打開書本皆能獲益呢！再者，時下資訊充斥，隨時隨地都在吸收各種各樣的知識，不必「行萬里路，讀萬卷書」亦能見多識廣，盡悉天下之事；如果感到不足而非得借重閱讀不可，一定要在林林總總的書海中，選擇有用有益的好書，才不至於浪費精力和時間，更可避免受到書籍之無形毒害。

一個人的品格，可從他所研讀的書籍加以判斷，猶如可從他所交往的朋友判斷是一樣的道理。為了不至於使別人看輕我們，亦應選讀好書，力避亂七八糟的書籍為宜。

為有源頭活水來

有人說：「西洋文化植基於基督教義，中國文化則是大成於孔子學說。」西洋人偏重於科學的理趣，中國人卻醉心於藝術的神思。

中華民族是一個「詩」的民族，透過「詩」的貫串及包裝，在炎黃子孫的生存理念與生活行為中，處處充滿著藝術的氣氛及趣味；立身行事，待人接物固然要講求藝術的格調，而吃飯穿衣，住家行路亦莫不符合藝術的標準。《論語・述而》云：「志於道，據於德，依於仁，游於藝。」更說明了中華兒女一向是把至真、至善、至美作為精神生活的追求目標，所以才有了心物一體，天人合一的豁達情懷，從而也才能產生出「自立立人，自達達人」的良法美意。

中國人非常重視人類的「良知」，西洋人則一向偏愛人類的「良能」。中國文化發源於先天的良知，後天的發展，始終不忘以先天的良知來引導，並遵循其約束及限制，處處抱定戒慎恐懼、中規中矩、感恩戴德、穩妥平衡的心情及態度，而不至於肆無忌憚、得意忘形、不知天高地厚，而陷於瘋狂的地步；西洋文化的源頭，自然也得追溯到人類先天的良知，而接下去的發展，便迷失於現象界中，用實驗的方法瞭解了先天良知中無法解釋的事事物物，更以征服的手段控馭了宇宙間的種種資源，於是在志得意滿、自我膨脹、揮霍浪費、各走極端的心態促使下，人類的未來極可能走上能源枯竭、污染嚴重，以至於用人類的智慧與雙手，毀滅了整個地球。

王陽明嘗言：「千聖皆過影，良知是吾師。」何謂「良知」？知善知惡就是良知，或者可以說良知祇是個是非之心，更具體的說：「良知即是天理之昭明靈覺處」，故良知亦即「天理」。其實孟子早就已經說過：「人之所不學而知者，其良知也。」顏子則更加引申云：「有不善未嘗不知，良知也；知之未嘗復行，致良知也。」

人人都有良知，愚夫愚婦與聖賢豪傑並沒有什麼差別。王陽明「龍場之悟」，遂以良知為師，發明了「知行合一」學說，雖然成為一派學說，但是並未受到國人應有的重視及實踐；倒是日本人大大的欣賞，確切的把持，努力的施行，據說日本「明治維新」的成功，絕大部分的功勞，都應該算在王陽明「知行合一」的學說上。

「良知」間或會被物慾所遮蔽或淹沒，然而仍然存在於每個人的內心深處，永遠不會泯滅，為非作歹的人亦自知其行為之不當，喚他為盜為賊，他還會忸怩不安呢！就因為內心深處有一份與生俱來的良知，好比是一具天秤，當意念萌生之時，它便立刻判斷出是是、是非、是善、是惡，一些瞞它不得；倘能存善去惡，實實在在的把握是非分際，便算是符合了良知的標準。

深入一層去探究，「良知」也就是「道心」。何謂「道心」？天地之間的真理，人類之間的事理，自我方寸之間所把持的做人情理也。《尚書》裡說：「人心惟危，道心惟微，惟精惟一，允執厥中。」這便是中國文化思想發揚光大的十六字訣，所謂「道心惟微」的這個「微」字，絕對不能當作「微弱」來解釋，如此便差之毫厘而謬之於千里了；這個「微」字，乃是微妙的意思，兼具神奇的意味，我們要以這個看不見也摸不著，無聲也無臭，但卻微妙至極，神奇無比的「道心」，來主導、引領、控制與駕御千變萬化、危險萬分的「人心」。程明道有言：「道通天地有形外，思入風雲變化中。」就是「人心惟危，道心惟微」最佳的詮釋。

「良知」既然人人皆有，何以又有聖、愚之分呢？原因就在於聖賢能「致其良知」，而愚夫愚婦則不能致，因此便有了分野。所謂「致」，也就是把持與發揮的意思，譬如你口袋裡有錢，不能發揮其使用價值，便是一個十足的守財奴；倘能小心保管，又能恰當運用，便可獲益無窮。「道心」就是「良知」的具體化，而「惟精惟一，允執厥中」也就是道心的把持、運用及發揮了。

正因為中國人以「良知」為生存發展的理念，用「道心」來看待宇宙之間的萬事萬物，一切莫不互相涵蓋，互相呼應，講求和諧，講求平衡，遂能達到順乎自然，樂天葆真的境地。「好鳥枝頭亦朋友，落花水面皆文章」，說明了人與自然界原屬一體，根本沒有任何隔膜。「雲想衣裳花想容，春風拂檻露華濃」，簡直就是把自然界美好的部分，幻化為人間的美人胚子，而有著一份欣悅的眷戀。至於「客路青山外，行舟綠水前」，豈不就是人在畫中乎！而「春風不相識，何事入羅幃」，更是把春風予以人格化了。尤其是「飄飄何所似，天地一沙鷗」，顯然是把人與鳥相提並論，並沒有任何歧視的心理。西洋人以「良能」為生存發展的理念，表現出弱肉強食、優勝劣敗的霸道作風，遂使人類的前途，產生了莫大的危機。

「良知」比較冗雜而漫無標準，因之，遠在先秦時代，當中華文化璀璨勃興之際，百家爭鳴，各擅其勝，遂把良知引申出若干具體的意念，因而形成了言之有物的「道心」；扼要看來無不淵源於《易經》，而以儒家的陽剛進取與道家的陰柔退守為代表，前者傾向於「乾卦」之自強不息，後者則傾向於「坤卦」之厚德載物，兩者可謂平分乾坤。

朱子有詩云：「半畝方塘一鑑開，天光雲影共徘徊；問渠那得清如許，為有源頭活水來。」「良知」與「道心」就是吾人心目中的源頭活水，「良知」不泯，「道心」不滅，中華民族便永遠有一片廣大的生存空間。

讀而優則寫

與其說「人之不同，各如其面」，毋寧說「人之不同，各有所好」來得更為允當而恰切。

有人嗜好運動，有人偏愛旅遊，有人飲酒成癖；在大千世界的事事物物之中，情有獨鍾謂之「嗜好」，樂在其中謂之「偏愛」，生死以之則已「成癖」矣！

諺云：「積財千萬，無過讀書。」又說：「益人神智，莫如讀書。」古聖先賢更指出：「書中論事，昭如日月，讀書百遍，義理自現。」宋真宗趙恒曾經寫下〈勸學〉的詩篇云：「富貴不用買良田，書中自有千鍾粟；安房不用架高樑，書中自有黃金屋；娶妻莫恨無良媒，書中自有顏如玉；出門莫恐無人隨，書中車馬多如簇；男兒欲遂平生志，三更勤向窗前讀。」反而把讀書與徵名逐利混為一談，完全忽略了開卷有益、讀書最樂的積極意義與效用，殊屬非是亦大為可惜。

打從童稚時期開始，便莫名其所以的喜歡上五顏六色的書籍，所散發出來的翰墨芬芳；

中學時代便生吞活剝的讀遍了傳統的古典小說，進而更涉獵許多翻譯名著；進入大學以後，年事漸長，知識漸開，閱讀的範圍更加廣泛。每當打開書本，即可跨越時空的限制，聆聽到智者的心語，享受到海闊天空的最大快樂；彷彿是獲得了一把神奇的鑰匙，可以隨興所至，開啟天地之間神秘的門扉，錦繡滿眼，珍寶遍地，又豈只黃金屋、千鍾粟、顏如玉而已耶！

進入社會以後，曾有一段時間執干戈以衛社稷的戎馬生涯，戍守過金門、馬祖、東引及澎湖，每當冷雨淒其，意興闌珊，一燈如豆之時，一卷在手，便能心曠神怡，神遊象外；或在硝煙烽火之中，俄頃生死之際，朗誦氣勢豪雄的詩句，輒能膽悍氣壯，勇敢面對眼前的一切，贏得紛至沓來的挑戰。如此看來，讀書不只是能夠轉移情緒，而且更能武裝精神呢！至於陶冶性靈，變化氣質，自是意料中事，甚至還可以鎮魔驅邪呢！

之後長時間從事文化宣教工作，當過新聞記者，編過報紙雜誌，擔任過出版社及廣播電臺的主管策劃工作，由於業務的需要，讀書與寫作便成了理所當然的條件。除了大量吸收與任務有關的各項知識及資訊而外，似乎也養成了習慣；整天與書籍為伍，閱讀的範圍遍及常識性的理念、雋永的詩詞、曼妙的小說、雋永的小品、可圈可點的人物傳記，具有獨到見地的論文以及包羅萬象的稗官野史。銖積寸累，反覆涵泳，就能神交古人，親炙智者，擴大人生的視野，領略更多生命的意趣。

書籍是人生最可貴也最忠實的朋友，它可以經常陪伴在你身邊，喜樂時與你分享，哀傷時替你分擔，努力中給你竭誠的鼓舞，挫折時更給予多方的安慰及疏導，它從來不向你要求什麼，除了最初的微薄書款而外，之後它便成了你無怨無悔的誠摯朋友。我習慣於讀書，更熱中於買書，到過寒舍的朋友都說我家的時鐘多、書畫多、書籍多，是謂「三多」。時鐘多，算起來樓上樓下擺的掛的總計有十七座；書畫多，前前後後的牆壁上琳瑯滿目而已；書籍多，倒是名副其實，可謂「坐擁書城」，安享「貧者因書而富」的美妙意境。

張心齋有言：「藏書不難，能看為難；看書不難，能讀為難；讀書不難，能用為難；能用不難，能記為難。」有人藏書滿櫃，只是為了裝點門面；有人看書不少，率皆怡情養性；有人埋頭苦讀，卻不能靈活運用；就中尤以「能記為難」的「記」字，除了「記憶」而外，似乎還含有「引申」及「著述」的意思。

常聽人言：「熟讀唐詩三百首，不會吟詩也會謅。」讀書讀多了，義理蘊貯胸中，對於眼前的目所見、耳所聞、親身經歷的一切，心有所感，意有所動，猶如骨鯁在喉，不吐不快，於焉執筆為文，承蒙報刊雜誌主編不棄，每月刊出拙作總在二十篇以上，截至目前為止，結集出版之單行本已達五十餘冊。

自從退休以來，讀書與寫作，幾乎成了我全部的生活內容，每當閱讀之際，輒覺氣定神閒，暢適無比；而執筆為文時，更感心志蓬勃，意興遄飛；無視於富貴榮華，又何在意老之將至乎？

人生的態度

人心不同，各如其面；人生幾度傷往事，山形依舊枕寒流；歲歲年年花相似，年年歲歲人不同；人事有代謝，往來成古今。有人認為：「人生無根蒂，飄如陌上塵。」有人認為：「人生到處知何似，應似飛鴻踏雪泥。」有人認為：「人生有酒須當醉，一滴何曾到九泉。」有人認為：「人爭一口氣，佛爭一爐香。」有人認為：「人生在勤，不索何獲。」有人則認為：「人受諫則聖，木受繩則直。」有人更認為：「人棄我取，人取我與。」或者是：「人死留名，豹死留皮。」林林總總，不一而足，構成了一個擾擾攘攘、莫衷一是，也迄無定論的大千世界。

按照莊子的說法是：「人生天地之間，若白駒之過隙，忽然而已。」譬喻人生的歲月，就像是白色的駿馬在縫隙間飛馳而過，不過是一瞬之間而已。李太白也感慨系之的有詩云：「君不見高堂明鏡悲白髮，朝如青絲暮成雪；人生得意須盡歡，莫使金樽空對月。」意思是說人生苦短，理應及時行樂，又何必太過自苦呢？這是「道家」的思想特徵，兩千多年以來深植人心，對芸芸眾生的人生態度，影響的情形極為普遍而深遠。

《論語》上說：「人而無信，不知其可也。大車無輗，小車無軏。其何以行之哉！」說明生而為人，必須要講信用，信用實際上也就是一種無可旁貸的責任；人而毫無責任心，生命又有何意義呢？《列子》上也說：「人而無義，唯食而已，是雞狗也。強食靡角，勝者為制，是禽獸也。」更說明人類的行為必須符合正義，反覆無常，自私自利，吃吃喝喝，過著弱肉強食的生活，與雞狗禽獸又有什麼分別呢？因此才有「人過留名，雁過留聲」的說法。曹交問孟夫子曰：「人皆可以為堯舜，有諸？」孟夫子曰：「然。」指出人人皆應有偉大的理想，藉以發揮人性的光輝與價值，豈可悠忽一生與草木同朽乎！這是「儒家」的思想特徵，兩千多年以來不但影響人心至深且鉅，而且更支配著社會風習與政治運作呢！

遠從先秦時代開始，中國人的人生態度、行為理念、社會風氣與典章制度，便由儒家及道家兩大思想體系所掌控。儒家講求善盡人生的責任，道家偏重一切順乎自然，這兩大思想潮流時而對立而勢同水火，然猶時而互補而相輔相成，遂緊密的掌握和支配著中國人的意識與行動。因為具有儒家的思想觀念，遂能在艱苦的環境中犧牲奮鬥，不屈不撓，一次又一次的戰勝橫逆而屹立不搖；由於具有道家的思想觀念，遂能恬淡自守，隨緣適性，灑脫自然，無視於困阨艱難的磨折，坦然迎接一切坎坷與挫折的肆虐與折磨。

然而儘管儒家與道家的著作如雨後春筍，思想體系十分完整而周延，卻只是啟導人們在嚴酷的現實中如何生存下去；但如何慰藉心靈的悒鬱，進而解脫心靈的煩惱則無能為力；直到佛教由印度傳入中國，才有效的彌補了這項缺失和漏洞。中國有悠久的歷史文化，對於外來的思想觀念自然不會原封不動的照單全收，經過採擷、過濾及轉化，遂把佛教的教義演變為適合國人涵泳的禪理、禪機與禪意；於是從東漢以後，歷代以還，上自廟堂之上的典章制度與治國理念，下迄士庶人等立身行事的觀念與作為，都受到了佛教文化的巨大影響。

具體說來，中國人的生命觀點與人生態度，即是根據儒家、道家與佛家的思想觀念，互相融合，截長補短，所演化出來的一種綜合理念；這種情形不但在詩文中表現得十分明顯，而在人們進德修業與立身處世上操持得尤為認真。明代的洪自誠所撰寫的《菜根譚》一書，融合了儒、道、佛三家思想的菁華，以三百六十條格言式的短文，既闡述現實生活中的處世智慧，更記錄閒適生活中的樂趣，不啻是為人生的態度描繪出一幅鮮明的藍圖。據說日本人一直把《菜根譚》這本書當作是人生寶典，主導著日本人的處世之道與生存發展，產生了輝煌的效果和貢獻；國人反而視同尋常，並未過分注意其價值，殊為可惜。

試看《菜根譚》中所言：「天地有萬古，此身不再得；人生只百年，此日最易過。幸生其間者，不可不知有生之樂，亦不可不懷虛生之憂。」直指人生悠忽，盡可及時行樂但亦應奮發有為，力求自我實現，達成人生的積極意義，這是符合儒家的思想觀念，為人生態度賦予一個建設性的理念。

再如「人生減省一分，便超脫了一分。例如交遊減便免紛擾，言語減便免愆尤，思慮減則精神不耗，聰明減則心身坦然，彼不求日減而求日增者，真桎梏此生哉！」意謂一切力求簡約，更盡量減輕復減少，譬如肩挑及背負，倘能卸脫，自必輕鬆愉快矣！這是符合道家的思想觀念，為人生的態度建立了一條解脫的途徑。

又如「以幻跡言，無論功名富貴，即肢體亦屬委形；以真境言，無論父母兄弟，即萬物皆吾一體。人能看得破，認得真，才可以任天下之負擔，亦可以脫世間之韁鎖。」意思是說人世間的一切皆屬空幻，而萬物又皆屬一體，既要無所牽掛，尤應慈悲為懷，則可進退裕如，無礙無滯矣！這分明就是佛家的思想觀念，為人生的態度找出了超塵拔俗的一處理想境地。

總之，人生就是一段充滿著悲歡離合的過程，交織著辛酸坎坷與幸福快意的複雜場面，儒家的精神能予吾人以激勵，道家精神能予吾人以灑脫，佛家精神能予吾人以安慰，倘能採取儒、道、佛三家的基本思維觀念，釐定吾人立身行事的態度與作法，必能使日常生活過得踏實而圓滿。

人生就像玩玩具

有人說，人生就像是在演一齣戲，能夠惹人爆笑與賺人熱淚，才算是稱職當行的角色。

有人說，人生就像是在做一場夢，光怪陸離，忽起忽落，一切但憑造化，隨緣而已。

有人說，人生就像是一場戰爭，永無休止，必須抖擻精神，迎接紛至沓來的挑戰。

有人說，人生就像是一本大書，有人把它草草翻過，而有人則細細閱讀，但均難明所以。

有人更說，人生就像是一盒火柴，太過於小心謹慎反而無法生光發熱；如果太過疏忽馬虎，又可能隨時有危險發生，必須要一枝一枝的恰當使用才行。

還有「人生如謎」、「人生如宴會」、「人生如賭博」、「人生是一段旅程」、「人生如朝露」、「人生是一種苦役」及「人生是沒有畢業的學習過程」等說法，紜紜雜陳，不勝枚舉。比較特別的說法是「人生就像是在玩玩具」。

試看兒童們對於玩弄他的玩具，在態度上最為認真，在觀念上也最為瀟灑。先是不擇手段的弄到手再說，而後是愛如至寶的玩得不亦樂乎！甚至是粗暴的擲來丟去，最後是棄如敝履般的不屑一顧。真箇是收放自如，提得起更放得下，令人嘆為觀止而羨慕不已。

人生碌碌，無非名利。名屬虛幻，利較實際，因創造而獲得名聲，因欲望而爭取利益；藉由創造來滿足欲望，才是人生幸福快樂的正確途徑。其實，人生不外乎兩個目標：一個是把你想要的東西弄到手，另一個則是把弄到手的東西盡情的加以運用。這與兒童玩弄玩具的模式十分相似，然而兒童可以發揮得淋漓盡致，成年人卻顯得十分拘泥，甚至是非常笨拙。

明代的得道高僧憨山大師，經常扯開嗓門歌云：「紅塵白浪兩茫茫，忍辱柔和是妙方；到處隨緣延歲月，終身安分度時光。休將自己良心昧，莫把他人過失揚；謹慎應酬無懊惱，耐煩作事好商量。從來硬弩弦先斷，每見鋼刀口易傷；惹禍只因閒口舌，招衍多為狠心腸。是非不必爭人我，彼此何須論短長；世事由來多缺陷，幻軀焉得免無常。吃些虧處原無礙，退讓三分也不妨；春日纔看楊柳綠，秋風又見菊花黃。榮華原是三更夢，富貴還同九月霜；老病死生誰替得，酸甜苦辣自承當。人從巧計誇伶俐，天自從容定主張；諂曲貪嗔墮地獄，公平正直即天堂。麝因香重身先死，蠶為絲多命早亡；一劑養神平胃散，兩盅和氣二陳湯。生前枉費心千萬，死後空持手一雙；悲歡離合朝朝聞，壽夭窮通日日忙。休得爭強來鬥勝，百年渾是戲一場；頃刻一聲鑼鼓歇，不知何處是家鄉。」

如果說人生真像是在玩玩具的話，出家人似乎最能體會箇中三昧，先是設定四大皆空，一無所有的意念，正因為一無所求，了無牽絆，反而是應有盡有，享用不盡。試看清風明月，名山勝水，巍峨殿閣，奇花異木，珍寶靈物，莫不在方外人盡情享用之中，又何必一定要實際的擁有什麼呢！反觀紅塵中人，或苦心孤詣，處心積慮的經之營之；或挖空心思，使盡力氣的創造開拓；或竟耍奸使詐，無所不用其極的強取豪奪；即使是獲得了整個世界，而不知如何運用及享受，不啻是累贅的包袱，徒然招衍惹禍而已，又何來快樂與幸福？

德國的哲學家叔本華說：「人生的前半段是在辛勤的讀一本深奧的書，其後的時光是替這本書加上注釋。」這與「人生就像是在玩玩具」的說法不謀而合，先是獲得玩具及研究玩具的性能，而後就是盡情的加以撥弄玩樂了。法國的大思想家盧梭說：「人們不會因無知而迷路，往往會因為過分相信自己所知的事而迷失。」又說：「有些人對明天，有些人對下月，還有些人對十年後寄以希望，但是，居然沒有人為今日而生存。」固然人類的執著是一種可貴的自尊與自負，倘若沒有這種質素，人生不但索然無味，人類也不可能有不斷的進步與發展；然則過猶不及，均非所宜，一味的活在未來的希望裡，反而會走火入魔，不切實際，在兒童的身上便找不到這些缺點。

人生的一切成敗得失，都在於自己的如何掌握與經營，然而人們卻往往諉之於天意。人生是一杯既甜蜜又苦澀的醇酒，端視你如何品嚐而定；非常奇怪的現象是，人生真正的快樂幸福，多在貧家茅舍，少在富室紅樓。愈是偉大的人物，愈是十分平凡的人；愈是快樂的人，愈是把名利看得非常淡泊的人。不必企求獲得豐富的財產，也不期望得到別人的喝采，而能自得其樂的人，才是最聰明的人；就如同小孩子一樣，自由自在的嬉戲玩樂，根本不考慮自己擁有一些什麼，也從不在乎周遭的人如何看待，所謂「赤子之心」，大約就是這般模樣。

號稱江南第一才子的唐伯虎，最初何嘗不是熱中於名利，幾經折騰之後才得以勘破一切而歌曰：「人生七十古來稀，前除幼來後除老；中間光景不多時，又有炎霜與煩惱。過了中秋月不明，過了清明花不好；花前月下且高歌，急須滿把金樽倒。世上錢多賺不盡，朝裡官多作不了；官大錢多心轉憂，落得自家頭白早。春夏秋冬彈指間，鐘送黃昏雞報曉；請君細點眼前人，一年一度埋荒草；草裡高低多少墳，一年一半無人掃。」看來唐伯虎是在人生的旅途上繞了一個大圈子，最後又回到了起點，淡泊名利，及時行樂，無須過分計較，不必多所安排，這與兒童玩玩具的心境又有何差別？

人們之所以視「人生如苦海」，原因就是具有過分的冀求，貪得無厭，永不滿足；痛苦由是滋生，原有的幸福快樂也一併喪失矣！真正的寫心與愜意，並不在於席豐履厚，奢侈豪華；山間之清風與江上之明月，足可使人心身暢適。稀世的珍寶固然不易搜求，求之不得徒亂人意而已；一些璀璨耀眼的晶瑩小石頭，俯拾皆是，倘若聚攏在一起，照樣能怡情悅目，又何必在乎人為的抽象價值呢！

說來說去，人生確實像是玩玩具一樣，擁有大量玩具而不去把玩，一任其生銹發霉，豈不是暴殄天物，大為可惜；如果能夠巧妙的把玩，又何必在乎玩具的品質及多寡。如何盡情的把玩人生的玩具，多看看兒童的玩法即可豁然開朗，這和「禮失而求諸野」是同樣的道理。

人生的純美境界

人生就像是一齣戲，每個人都要扮演一個角色，稱職守分便會贏得喝彩與掌聲，否則就會受到無情的譏諷及唾棄。

負責盡職，嚴守分際，不可疏忽，更無法逃避，不可僭越，尤不能混淆；或居家、或涉世、或立身行事、或待人接物，務必要興致勃勃，克盡職分，相愛相助，鞠躬盡瘁，自必能左右逢源，得其所哉。

立身之道，要有大禹治水及墨翟兼愛的苦心，更有老子與莊子的恬淡情懷，則可進退得宜；處世心法，不可與世俗隨波逐流，亦不可與世俗背道而馳，隨波逐流則不知伊於胡底？背道而馳則扞格不入，衡情度理，應以採取兩條道路走中間為宜。

吳梅村有言：「勿以窮達而易轍，勿以夷險而易心；勿以門第自詡而啟其驕矜，勿以語言薄侮而生其交詬。」意思是說窮蹙與顯達，平安或險阻，皆應以平常心應之，不慌不亂，不誇耀亦不懈怠；尤其不可炫誇家世，或因小事細故而引起爭論。

《禮記》上載云：「傲不可長，欲不可縱，志不可滿，樂不可極。」凡事適可而止，不可破格逾分。《菜根譚》上亦云：「居盈滿者，如水之將溢未溢，切忌再加一滴；處危急者，如木之將折未折，切忌再加一搦。譬如花看半開，酒飲微醉，其中大有佳趣，爛開將萎，大醉如泥，反而情趣盡失矣！老來疾病，皆為壯年招致；衰時罪孽，均係盛時造就，持盈履滿者，寧無有所戒懼乎？」

待人不可苟且，自奉不妨苟且；可免怨懣，可止貪婪。律己儘可從嚴，對人允宜從寬；如此則人不苛求於我，且樂於為我所用。謙虛固為美德，過之則近詐，不及則近傲；沉默自是善行，過於沉默則有藏奸之嫌，不夠沉默則有炫誇之虞。凡事必當有節，千萬勿走極端，處事留有餘地步，發言留無限空間，切不可做到十分，說到十分，否則便無轉圜餘地。

富貴榮華如同是客棧一般，人來人往，殊難久居。《後漢書》上說：「位尊身危，財多命殆。」因此智者常懷「位不期驕，祿不期侈」之心，獲得高位不是希望驕示於人，獲得厚祿也不是希望享受奢侈；更有「名彌彰而彌懼，功愈高而愈損」的念頭，遂能小心謹慎，如處子之防身，自尊自重，以免招災惹禍。

山之高峻處，往往是怪石嶙峋，草木不生；溪谷迴環處，常常是綠草如茵，柳暗花明。

水流湍急處，波濤洶湧，魚蝦難以存活；淵潭湖沼處，水波不興，最宜鰲蟹聚集。好高騖遠，難免得不償失；爭名逐利，未必心安理得。輕施者必好奪，善諂者必善驕，否則便無法求得心理上的平衡；有備則制人，無備則制於人，凡事妥為打點則能穩據主動地位。

《淮南子》上說：「心欲小而志欲大，智欲圓而行欲方，能欲多而事欲少。」倘能具有遠大的志向，圓融的智慧，卻不作過分的要求，更能謹慎行事，則必然諸事順綏，心神安泰。諸葛亮一生謹慎，所服膺的就是「貴而不驕，勝而不悖，賢而能下，剛而能忍。」所以才能在驕兵悍將與蠻夷環峙的局面中，開展其治國安邦的志事，一力支撐起蜀漢艱難的局面，若非天不假年，其成就猶未可限量也。

世路坎坷，人情傾險，惟憂惟勤，能撐能持，乃可化險為夷，轉危為安；然而憂勤太過，則無以適性怡情，只管獨自撐持，則無以濟人利物。洪自誠勉人云：「熱鬧中著一冷眼，便省卻許多苦心思；冷落處存一點熱心腸，便得到許多真趣味。」拂意事來，不必憂心，也許轉瞬即過；快意事來，不必狂喜，也許樂極生悲。《菜根譚》上云：「冷眼觀人，冷耳聽語，冷情當感，冷心思理。」這裡所說的「冷」字，係冷靜、沉著，不會動輒為客觀現象所動所移；而非一味之冷漠也。

受人點滴之恩，自當湧泉相報；與人小有怨隙，不可常記心頭。時刻存濟助他人之心，但求心中喜樂，為所當為，不必期望別人回報；倘斤斤計較於成本會計的盤算，則心勞日絀，縱然金銀山積亦難得心安體泰。路徑狹窄處，總宜留一步與人行；滋味濃郁處，何不讓三分與人嚐。凡事能超脫物外，自然別有天地，否則不啻是塵裡振衣，泥中濯足，如何豁達得起來；遇人輒以忍讓為先，自能得道多助，不然猶如飛蛾投燭，羝羊觸藩，焉能安樂得起來。

生逢太平盛世，立身行事儘可耿介方正；遭遇混亂局面，務必要委婉圓通；倘處於黑白不分、是非不明的時代，必須立定腳跟，穩紮穩打，耿介方正與委婉圓通交互運用才行。對待善良的人宜寬厚，對待歹惡的人宜嚴謹，對待庸碌無能的人，則宜寬厚與嚴謹交互運用。識得人情冷暖，悉得事理曲折，方可對症下藥，不致太過離譜；不通人情，又不解事理，勢必會處處碰壁，滯礙難行。如果在你的眼中絕無滿意之人，亦無順心之事，則別人也會覺得你是可厭可憎的對象，行事更會大費周章；因而智者能以寬容的心情處人，更能以耐煩的韌性行事，一切的困擾阻礙自必迎刃而解。

《左傳》上云：「眾怒難犯，專欲難成。」不可自以為是，也不可剛愎自用，以免引起眾怒而處於孤立地位；不可貪婪無度，也不可為所欲為，以免惹人厭惡而一事無成。倘能逢利勿居人前，德行不落人後，享受不作分外之想，修養則必刻意謹勉，更何患之有？昔賢且云：「天薄我以福，吾厚吾德以迓之；天勞我以形，吾逸吾心以補之；天阨我以遇，吾行吾道以通之。」如此則上天莫奈我何，更何況人事！

人生在世，無時無地不有當盡之責與當行之道，大力者可以為千萬人造福，砥柱中流，撥亂反正；最起碼亦應仰事俯蓄，無愧無怍，盡責守分，無忝所生。蘇轍嘗言：「人生於世，不出一番好議論，不做一番好事業，終日飽食暖衣，無所用心，何自別於禽獸！」呂坤也說：「人生天地間，要做有益於世之人，縱沒這樣心腸、這種本事，也休作有損於世之人！」西哲亦言：「偉大人物異乎常人之處，就是念念不忘善盡自己的責任，一言一行均小心翼翼的害怕玷辱自己的名譽。」苟能常懷負責守分之念，自可掙脫虛利浮名的羈絆，進入崇高純潔的另一層人生境界。

心定菜根香

諺云：「身安茅屋寬，心定菜根香。」

英國諺云：「靜穩之心態，雖在迅雷聲中亦能酣然熟睡。」

德國諺云：「善良安定之心靈，天堂也；惡毒翻騰之心靈，地獄也。」

奧地利諺云：「幸福所不可或缺之要素，殆為清潔無垢之心思。」

人之有心，猶如樹之有根與果之有核；唯人心變動不居，起伏不定，不入於正，即入於邪。君子心中所常思索者不是人情是天理，澄澈潔淨，湛然光明，恍若赤子之心，不為外物所擾，不為流言所惑；於焉事理通達，氣定神閒，進退得宜，品節鮮明，意識自有宰制，行為自然得體，不憂不懼，隨緣適性，得失之念自然冰消矣！

人心酷似潮水，難得平靜無波，皆因「怨、恨、惱、怒、煩、躁、貪、慾」諸端之交相侵蝕煎迫，而不得安寧；恰如明鏡之蒙塵積垢，必須經常予以擦拭及洗滌才行。芸芸眾生但知「洗身」，而鮮有重視「洗心」者，商湯的浴盆上鐫有九個大字云：「苟日新，日日新，又日新。」不只是在沐浴時要外洗身體的污垢，更要內滌心靈之積穢；俾使身心內外舒暢，以清新而昂揚的情緒面對一切，更何患處理事物會荒腔走板乎？

蘇東坡嘗言：「塵埃風葉滿室，隨掃隨有，然不可廢掃，以其優於不掃也；若知本無一物，又何加焉！又何掃焉！」一般人多憑習氣用事，拂意則怒，順意則喜，志得則揚，志阻則餒。七情六慾交逞機鋒，此時焉得安寧？凡遇不如意事，試取更甚者譬之，心地自然平靜矣！宇宙間事率皆利害相連，苦樂參半，有一歡暢境界，便有一痛苦境界接踵而來；有一大好光景，便有一險惡光景蠢蠢欲動；惟有布衣蔬食，芒鞋荊杖，乃可常保平穩安康。修身首重寡慾，愜心端在知足，養氣必須不為外物所動，居心倘能以仁厚為本，必能表現出一派光明磊落氣象。

心正則意誠，至敬則謙和，精神集中而不躁切，處事必然明快中肯而不致受制於人。陶覺有言：「我無是心，而人疑之，於我何與；我無是事，而人謗之，於我何慚。居心不正，動輒疑人，徒自煩擾，攻伐自心，宜切戒之。」蓋心術不正，率皆由於「私、偏、欺、疑」之念頭作祟，揮之不去，飽受折磨。《六祖壇經》上有一偈云：「邪來煩惱至，正來煩惱除；邪正俱不用，清淨至無餘。」這是四大皆空的高渺境界，「邪心」與「正心」一概摒除，自然清淨無餘矣！一般人但能去掉邪念，凡事向正道方向思索，無私無我，不偏不倚，袪除欺詐之念，了無疑忌之心，眼前盡是一片清明，憂煩自必銷聲匿跡矣！

一舉一動要常存戒慎之心，立身行事要保持忍讓之心，居家持身要深體勤儉之道，進德修業要具備容人之量。先賢有云，「傲者惡之魁，詐者德之賊，媚者行之醜，怠者事之敵。」大凡人之病根皆從「傲」來，苟能除之，則眾善自生；舉凡德行不彰皆由「詐」起，苟能除之，則無美不臻；而行端立正之人，必不屑於諂媚行為；實心任事者，亦必力改怠惰之習慣無疑。

謹慎言語，可免禍從口出；節制飲食，可免腸胃不適；自重自愛，可免無端之羞辱；不貪不吝，可免無謂之紛擾。《格言聯璧》上云：「省費醫貧，獨臥醫淫，隨緣醫愁，讀書醫俗。」幸福不可或缺之要素，乃清潔平實之心地；一顆毫無瑕疵的心靈，永遠不會被污穢所侵蝕；正因為內裡有著一顆純潔的心靈，外表才會展現出璀璨的光華。

人心之不平、不靜、不安、不寧、不暢、不適、不和與不順，牽涉的因素固多，扼要言之，不外是難以抵擋色慾的誘惑和名利的牽絆。先賢嘗謂：「色慾火熾，而一念及病痛時，便興似寒灰；名利飴甘，但一想到死亡時，便味同嚼蠟，故人常憂死慮病，亦可消幻孽而長道心。」的確，聲色犬馬之官能享樂，不過是獲得一時的歡樂而已，戕身傷生，莫此為甚，短暫的麻醉，卻必須付出長期的痛苦代價；而名韁利鎖的糾纏不清，縱然是攫取到榮華富貴，只不過是過眼雲煙，轉瞬皆空，何如樂天安命，不忮不求來得悠閒而快樂。知足天地寬，貪得宇宙隘；少慾養生之道，清心卻病妙方；人到無求品自高，人到無慾心自閒，又何必苦事營求呢！

如此這般的析理推論，大有「不見可欲，使心不亂」的消極想法之嫌，實則大謬不然。所謂「以理帥氣，以道窒欲」，一向為仁人志士所謹守不渝的原則，而「心欲小而志欲大，智欲圓而行欲方」，更是古聖先賢立身行事的準據；問題在於「愛身行道，修己俟時」的如何妥善把握而已，倘若時勢恰切，照樣要大展宏圖，當仁不讓，一飛沖天，有所作為，更何所消極之有呢！

世事之紛亂，人情之擾攘，多因心不能定，氣不能和有以致之。與其責人之非，不如行己之是；與其揚己之善，不如克己之非。倘能從修養心性作起，有所為更有所不為，如日月之經天，如江河之行地，浩然無極，沛然莫之能禦；只論是非，不計毀譽，惟重心安理得，何暇顧及物質嗜欲，所謂「身安茅屋寬，心定菜根香」就是此意。

超然物外

如果竚立在浩瀚的海邊，或是站在高聳的山巔，靜聆天籟，笑傲煙霞之餘，頓感自身渺小無比；「寄蜉蝣於天地，渺滄海之一粟」，就是人生的最佳寫照。

人生不滿百，常懷千歲憂，蹭蹬於大千世界之中，在各式各樣的名利場中打滾，不啻是陷身牢籠而飽受折騰；視野狹隘，靈泉乾涸，患得患失，不得自由。「不識廬山真面目，只緣身在此山中」，倘能超越一切世俗價值觀的生存方式，頓可掙脫名韁利鎖的束縛，悠遊自在的進入另外一個海闊天空的境界。

詩仙李太白登上宣城謝朓樓有感而吟詩云：「棄我去者，昨日之日不可留；亂我心者，今日之日多煩憂。抽刀斷水水更流，舉杯消愁愁更愁；人生在世不稱意，明日散髮弄扁舟。」看來李太白仍然未能超脫世俗價值觀的制約，假如一怒之下放浪形骸的散髮弄扁舟，只不過是自我蹧蹋式的逃避現實而已，問題並沒有獲得有效的解決；以至於最後在采石磯江面上，大醉後躍入江心撈月而死，給後人留下了許多唏噓與感嘆而已。

其實莊周老早就曾說過：「至人之用心若鏡，不將不迎，應而不藏，故能勝物而不傷。」意思是說具有豁達胸襟的人，心境猶如明鏡一般，能夠映照萬物，但卻絕不強求，任憑萬物自由來去而順乎自然；得之不足喜，失之不足憂，因而輒可不勞心神，更不致為萬物損傷毫髮。這是一種超然物外的想法，楚威王欲以之為相，莊周竟然一口回絕，甘願布衣蔬食，過著自由自在的生活。

認真看來，人世間的價值觀只不過是暫時性的錯覺及扭曲現象，譬如眾人皆以金銀珠寶為貴，假若置身於沙漠之中，或者洪水淹沒田園家宅之際，縱然懷揣價值連城的金銀珠玉又有何用？饑不能食、渴不能飲、寒不能衣，百無一用，徒增累贅而已。

既然人類的價值觀大有問題，就不該隨波逐流，為眼前的利害弄得眼花撩亂，而失去正確判斷的能力。若能從實際的觀點出發來衡量這個世界，任何事事物物都有其一定的價值，似不必一窩蜂式的爭逐一些特定的事物；各得其所，各遂其宜，人際關係中必然能夠減少許多紛爭。譬如人們拚命的爭取錦衣玉食的奢華享受，大多會引起癡肥、血管疾病、腸胃不適、機能退化等後遺症；反而不及布衣蔬食來得適體爽身，且易保持健康。如此看來，何者為有價值的東西？何者為無價值的東西？大有值得重新評估的必要。而何者為有用的東西？何者是無用的東西？也頗需要吾人仔細的思索；人們皆知有用之用，而莫知無用之用也。試以某樹為例，倘以某子為有用，樹葉為無用，如果摘去所有樹葉，只剩孤伶伶的某子，又豈能獨立生長乎？莊周更能進一步的發現「無用之用」的道理，說出「直木先伐，甘井先竭」的話來，唯其太過有用，就像是直木與甘井一樣，先遭到砍伐及汲取；也就是因為百無一用，反而能逍遙自在的獲得保全。

在日常生活中，常常會因為一些認知及經驗，而形成多層的顧慮和沉重的壓力，以至於心不能平，氣不能和，每每陷於昏亂與激動的狀態，甚至舉止失措，動輒得咎。倘能使意識呈現一片空明的狀態，拋卻一切固定觀念的控制，不受任何外來因素的干擾，便能虛心的應付多變的情勢，作出正確的估量及行動；這就是一種無心的境地、無我的狀態，道家稱之謂「坐忘」，亦即渾忘形體的存在，摒除所有感覺，身心皆呈空靈狀態，離開形體，去掉智慧，和「道」相結合，也就忘記自己的形骸了。

說來說去，如何達到「坐忘」的境界，似乎跡近抽象，而「坐忘」產生的效果，似乎又有些玄奇；事實上，道家的「坐忘」很像是佛家「空幻」理念，「坐忘」是心中闊然無一物留滯，回復到赤子之心，始能順應萬事萬境，作出縱橫自如的判斷與舉措。據說有一位學藝不精的音樂愛好者，想要向一位著名的鋼琴家學習琴藝，著名的鋼琴家言明要收取加倍的學費，原因就是要先行去掉他既有的認知與經驗，然後才能重新開始教授其琴藝，倘若他懂得「坐忘」的道理，就不必如此大費周章了。

最值得凜然而驚的是人生汲汲於名利的追逐，隨時都會遭遇到一些危機和陷阱，輕則損失慘重，重則萬劫不復，「螳螂捕蟬，黃雀在後」的寓言，尤其值得警惕。《吳越春秋》上說「螳螂捕蟬，志在有利，不知黃雀在後啄之。」用以說明只顧得眼前利益，卻不知自己身後已經預伏禍害矣！莊周更據以更加引申，說是有一天在林中打獵，一隻鵲鳥飛觸其額頭，莊周頗為氣惱，挾帶彈弓一路跟蹤下去，瞥見鵲鳥輕輕巧巧的落在一處樹枝上，正準備捕食一隻螳螂呢！在仔細審視那隻螳螂也正聚精會神的想要攻擊在枝頭鳴叫的蟬呢！而樹下的莊周拉開了彈弓，正要射殺鵲鳥呢！螳螂與鵲鳥都被眼前的利益所陶醉，渾忘自身處境的危險，實在是可驚、可嘆、又可笑的事。莊周嘆了一口氣說：「大凡互相求利者，勢必互相受累；有心陷害他人者，自己也正在遭受他人的陷害呢！然而卻不能自覺，悲夫！」於是收起了彈弓走出林子，心中怏怏者數日不歇。

曹孟德南征劉表時，可謂叱咤風雲，不可一世，臨風把酒之餘，尚且有「對酒當歌，人生幾何？譬如朝露，去日苦多」的感慨。陶淵明不願為五斗米折腰，歸守田園，大興「人生無根蒂，飄如陌上塵」之思。蘇東坡一再遭受貶謫，感嘆人世榮華富貴、聲名地位都不過是過眼雲煙，而有「生前富貴草頭露，身後風流陌上花」的感嘆。羅貫中在《三國演義》的卷首詞中云：「滾滾長江東逝水，浪花淘盡英雄。是非成敗轉頭空，青山依舊在，幾度夕陽紅。」看來人生碌碌，無非名利，即使名成利就又當如何呢？倒不如像孔子所說的「食勿求飽，居勿求安，敏於事而慎於言，就有道而正焉！」來得心安理得。

不為物役，不為勢劫，名高則累，財多則憂，壽高則辱，權大則危，果能超然物外，無視於名利權勢，自能灑脫的度過一生。

寧靜・自適

別人認為你是怎樣的一個人並不重要，問題是你自己認為你究竟是一個怎樣的人呢？

一個人必須有自知之明，更有自制之力，方能自適其情而怡然自得。假若真的是絕頂聰穎，難免過於玲瓏剔透，宜從渾厚上痛下工夫才行；設使思維遲鈍，千萬不可強自出頭，凡事務要穩紮穩打，以不變應萬變，庶幾可免忙中有錯，招致無謂的斲傷。

其實，一個人的真實形象，在世人的心目中如何加以評估，財富及出身，地位與學能，都只是一種暫時的錯覺，變動不居，難作定論；主要在於他以往做了什麼？現在正在做些什麼？以及未來他會做些什麼？

言語是一個人知識與修養的標尺，也是人際之間溝通的工具。當言者，適切陳述，不當言者，捲舌而退；言語隨便的人，不但沒有信用更缺乏責任心。知者不言，言者不知，多言不如多知，多知自能舉措得宜。陶覺說：「耐得住貧賤，不作酸語；耐得住炎涼，不作激語；

耐得住是非，不作辯語；耐得住煩惱，不作苦語。」身處貧賤，自應力圖振作；世態炎涼，無須過分重視；是非終日有，不聽自然無；煩惱纏身，解鈴還須繫鈴人。「若非一番寒徹骨，那得梅花撲鼻香」，理應三復斯言！

世界上沒有絕對的成就，只有不斷的進步而已；世界上也沒有絕對的失敗，只有一蹶不振或不斷的退步。人生就像是一隻航行在驚濤駭浪中的大船或小舟，只要緊緊的掌穩舵，狂風豈奈我何？暴雨豈奈我何？只要勇敢的面對環境的挑戰，終必能衝破橫逆，展現在眼前的將是一片風平浪靜，海闊天空的璀璨光景。

意志是無限的，但實行起來卻往往有許多不盡可能；慾望是無窮的，又豈能事事盡如人意乎？世人常常習慣於苛責別人而寬容自己，苛責別人輒使自己心懷不平，寬容自己更易成為罪惡的動力。柏拉圖說：「征服自己需要更大的勇氣，其勝利也是所有勝利中最光榮的勝利。」須知一切的東西均來自大地，一切的東西也都將還給大地，與其貪婪無度想要大量的攫為己有，何如量力而為，適可而止；能夠遏阻無限的意志而使其適切可行，復能抑制無窮的慾望而使其恰到好處，就是征服自己的重要課題。

林和靖隱居西湖孤山，梅妻鶴子，終其一生，與人無忤，怡然自適，他所倡言的「居身之要」云：「正以處心，廉以律己，恭以事上，信以接物，寬以待下，敬以承事，此居身之要也。」意思是說心思要正大光明，自奉要廉潔自持，對長上要恭謹週到，待人接物要信實不欺，御下及處事，更要誠誠懇懇，厚重寬緩。苟能如此，自必得道多助，而左右逢源矣！

只有最笨的人，才會自以為比別人優越；只有最浮淺的人，才會自己讚美自己。西諺云：「天堂之鳥常會歇落在不想抓牠的人肩上。」自以為比別人優越，很容易損傷別人的自尊，引起直覺的反彈，不但不會被別人承認，更易受到無情的侮慢。至於自己讚美自己，絕難獲得別人的認同，絲毫不能產生正面的效果；讚美出自別人之口才有價值，出自敵人之口尤其光榮；從來不認為自己有任何優越之處或應該受人讚美的人，反而會得到別人衷心的欽敬與讚美呢！

廉者常樂無求，貪者常憂不足。陶覺說：「與其有求於人，不若無欲於己；與其令人可賤，不若以賤自安。」人生最大的財富，就是靈明的頭腦與健康的身體；有了這些便有了充分的希望，有了充分的希望，便會陸續得到你所想要的一切，而且也才能支配及享受你所擁有的一切。馬克吐溫說過一段意義深長的話云：「我們的前半輩子有玩樂的能力，卻苦無機會；後半輩子雖然機會多多，卻苦無能力矣！」言簡意賅，令人感慨不已。

「人生不滿百，常懷千歲憂」，只要你想為自己增添麻煩或製造憂慮，隨時都會煩惱透頂，憂心忡忡。也許有人會認為與憂煩為伍，反而會領略到許多哲思，增加許多智慧；或者有人會強調沒有烏雲，沒有暴風雨，便難以欣賞到美麗的彩虹。然而憂煩最易破壞健康，甚至是粉碎幸福生活的可怕殺手，唯一的剋制方法便是瀟灑起來、忙碌起來，輒能轉移煩憂的情緒，忘卻憂煩的來由。

樂觀的人說：「只要不愁衣食，就應該無憂無慮。」踏實的人說：「家庭和睦就是人生最快樂的事。」辛勤的人說：「每日和太陽同起，努力工作及暢快的休息，自然樂在其中。」哲人則說：「幸福快樂一如學問經驗，非經努力則不可得。」我們未嘗不可以說：「面對光明，一切的陰影永遠會瑟縮於我們的身後。」

實則幸福快樂不存於金錢和地位之上，不存在於華廈及車馬之中，也不存在於虛幻的讚美或浮誇的令譽裡；只要能充滿自信，頭腦靈明，體魄健碩，俯仰無愧，心安理得，不忮不求，不憤不嫉，淡泊名利，寧靜致遠，就能獲得最大的幸福與快樂。

事實上，樂與苦、美與醜、好與壞、光明與黑暗、成功與失敗，在人生的道路上都會交替出現，互相交織，構成一張錯綜複雜的網，有人被糾結得喘不過氣來，有人卻能掙脫籠繫而怡然自適，這就要看各人的修為而定了。

山水情懷

青山不理凡塵事，綠水何曾洗是非。

山水之間有蒼翠的林木、有奔瀉的流泉、有嶙峋的奇石、有婉轉的鳥語、更有馨逸的花香；在雲蒸霞蔚中，鳶飛魚躍，蟲走獸奔，在陽光撫慰與雨露滋潤裡，充滿了一片鬱鬱勃勃的生命活力。

《幽夢影》中有云：「有地上之山水，有畫中之山水，有夢中之山水，有胸中之山水。地上者妙在丘壑深邃，畫上者妙在筆墨淋漓，夢中者妙在景象變幻，胸中者妙在位置自如。」仁者樂山，智者樂水，身在廟堂之上，心縈山水之間，有識之士每藉山水的清奇，來調和僵化的心靈，從而掙脫名韁利鎖的侷限，展現出回歸自然的盎然生機。

魏武帝〈短歌行〉云：「山不厭高，水不厭深；周公吐哺，天下歸心。」山不辭土石，故能成其高；水容納細流，故能成其大。巖巖高山，湛湛深水，君子不器，能容萬物。喻人品節操之高潔，輒以山之高與水之長打譬。范仲淹稱譽嚴子陵的高風亮節云：「雲山蒼蒼，江水泱泱，先生之風，山高水長。」德行似山高，仁風如水長，山高水長，無與倫比；使人油然而生見賢思齊之念，而其流風餘韻更能垂範久遠也。

山明麗而水靈秀，人俊逸而地華實。李太白〈山中問答〉詩云：「問余何意棲碧山，笑而不答心自閑；桃花流水杳然去，別有天地非人間。」隱居山水之間，遠離十丈紅塵，心閑神怡，何等逍遙自在。《鶴林玉露》上有一段話說：「余家深山之中，坐弄流泉，漱齒濯足，既歸竹窗下，則山妻稚子，作筍蕨，供麥飯，欣然一飽。」看朝霞夕嵐，聽松風天籟，人世間的富貴榮華與刀兵殺伐，似乎都與自己漠不相干，置此境地，夫復何求。

《說苑》中有云：「泰山之溜穿石，引繩久之乃以挈木，水非石之鑽，繩非木之鋸，而漸靡使之然。」這也就是俗話常說的「繩鋸木斷，水滴石穿。」泰山岩縫中有點滴滲水，水力雖弱，惟經年累月，能使堅石為穿；喻人若不畏艱困，堅定意志，久而久之，終有達成目標之日。

山不礙路，路自通山。陸放翁詩云：「山窮水複疑無路，柳暗花明又一村。」馬祖常亦有詩云：「山轉疑無路，溪深似有雲。」俗諺更云：「山高自有客行路，水深自有渡船人。」旨在說明山高水深，仍可勇往直前，上天有好生之德，斷無絕人生機之理。

石韞玉而山暉，水懷珠而川媚；茅屋山嵐入，柴門海浪連。文明的魔掌雖然捧出了豐沛的物質供應，卻無情的攫奪了人類靈智的享受。人類盲目的征服自然，使得山崩地裂，水濁川涸，於是林木萎頓，禽鳥絕跡；縱然吃香喝辣，穿綢著綾，居有高樓大廈，出有汽車代步，生命卻日益僵化，憒憒終日，意興索然；如果人類進步竟然是如此的結果，實質上又有何益？

唐庚有一首〈醉眠〉詩，描寫山居情趣云：「山靜似太古，日長如小年；餘花猶可醉，好鳥不妨眠。世味門常掩，時光簟已便；夢中頻得句，拈筆又忘筌。」隱士託山林，遯世以保真。《漢書》云：「山林之士，往而不能返；朝廷之士，入而不能出；二者各有所短。」謾誇書劍有歸處，山長水遠不須愁，人若能舒卷從時，達則叱咤風雲，退則山棲谷飲，能屈能伸，夫復何憂？

物質文明雖然滿足了官能的貪婪，心靈生活的需要亦愈見稠濃而迫切；肉體的供奉儘管豐盛富裕，卻無法填補精神層面的暈眩與模糊。人類沾沾自喜於頭腦靈明，雙手萬能，大刀闊斧的向自然界搏鬥，宇宙萬象萬物，均遭受到無情的荼毒；我們畢竟只有一個地球，人性的愚蠢與顛狂，行將走上自我毀滅的道路。

惟有抱持山水情懷，歸真返璞，去除私慾，掙脫世俗的束縛，進入天人合一的境界，使心靈與自然界臻於圓融的調和局面，才是人類未來發展的方向。

氣度恢宏

古今中外成大功立大業者，不是才智超強的人，而是氣度恢宏的人。

浩浩乎若滄海，巍巍乎如高山；忍人之所不能忍，容人之所不能容，必能成人之所不能成。律己儘管從嚴，雞蛋裡挑骨頭亦無不可，如此不獨可以進德，亦且能夠免患；待人務必從寬，裝聾作啞似乎更佳，非但可以存厚，而且能夠解怨。

顧東橋嘗言：「言行擬之古人則德進，功名付之天命則心閒，報應念之子孫則事平，受享慮及疾病則用儉。」如此必能意念沉潛，態度從容，行為穩重，志氣端嚴，為所當為，更為所可為；成功不以為喜，失敗不以為憂，外界的毀譽褒貶皆無動於衷，無論遭遇順境或逆境均能適度應之，而不至於患得患失，心浮氣躁。

《論語》上說：「君子泰而不驕，小人驕而不泰。」君子人物泰然自若，猝然臨亡而不驚，無故加之而不怒，豁達安舒，從容不迫；卑劣小人慣於輕譽、苟毀、好憎、尚怒，虛偽狡詐，睚眦必報。大凡君子人物，必有恢宏之氣度，守道義，行忠信，惜名節，奮發精進，則何事不能為。

飽經人世滄桑，嚐盡世情冷暖的人，比較能夠諒解別人的過失，寬恕別人的愆尤。因其曾經身歷其境而亦有所疏失也。準此而論，那些氣量狹隘，動輒暴跳如雷，或不能抗拒誘惑的人，大抵不外是認識不足或磨練不夠者，缺乏縱深配備，才能愈高，愈足壞事。

憂患愁苦，向來就是進德修業的基礎，成功立名的階梯，承受福祉的源泉。大丈夫可屈可伸，不至於過分憂憤恨苦，一切盤根錯節的橫逆困阨，無非是上天測試吾人之利器，苟能通過此關，未來將是一片坦途。呂新吾有云：「快意從來沒好，拂心不是命窮，安樂人人破敗，憂勤個個亨通。」倘能深加琢磨，必可受益無窮。

大智若愚，難得糊塗，諸般瑣事，不必斤斤計較。見人竊竊私語，千萬不可傾耳竊聽，徒增煩惱而已，須知「見怪不怪，其怪自敗」之理；入人私室，切忌東張西望，舉止既失雅馴，難免啟人疑竇。呂近溪曾言：「好聽偷瞧，自家尋氣，裝聾作啞，倒得便宜。」仔細想想，還真的有幾分道理呢！

氣度恢宏的人，必然具有謙遜的美德，謙遜是最高貴的克己工夫，更是釣取美譽的香餌。有一份謙遜，便有一份受益；有一份矜持，便會有一份挫折。能有謙遜之心，乃有宏大之量。

自謙的人從來不談自己，而人人都想去瞭解他；自誇的人經常自我炫耀，反而惹人生厭，不肯相信他所說的內容。

摒除疏狂之心，脫去虛妄之念。不驕不矜，忌盛忌滿，時時要以戰戰兢兢臨深履薄的心情待人接物，方能避禍遠怨。倘能處處謙退，別人反而會推他向前；如果事事抑低自己，別人反而會把他高高舉起。爭則未必能夠得到，讓則經常會唾手可得呢！

氣度恢宏的人，必然具有大度能容的識量。聞譽勿喜，當思受之有愧；聞毀勿怒，且慮罪有應得。有名處應加禮讓，有利處應加退讓，有榮譽處應加辭讓；有過不可辭謗，無過不可反謗，同過不可推諉。以澹泊自處，以智能讓人，讓而又讓，不惟無損，反而受益多多；造謗者甚忙，受謗者甚閒，果非其謗，其謗自息。

踐畏途而不疑，履危機而不懼，方見其心志堅毅；能凸顯好人之德，能駕馭壞人之才，自必所向而奏功。自己的命運掌握在自己手裡，自己的境遇也完全由自己營造，倘能氣度恢宏，則能無所不包，亦無所不容；可以使干戈化為玉帛，可以使乖戾變為祥和，損益虧盈，全在自己如何肆應而定。

總要給別人留些餘地，別人才會把更大的餘地留給你。

一笑遮百醜

人世間最美妙的音響是笑聲，最可愛的畫面是笑容。

誰說人類是唯一會笑的動物，鳥獸蟲魚更會笑，祇是牠們的笑聲與笑容與人類不同而已，否則牠們不可能那樣快樂。

大地會笑，山川會笑，草木會笑，松風與海韻尤其笑得優雅絕倫，鮮花的笑靨與柳絲的笑態更加璀璨而嬌俏。造物主絕不嚴肅古板，否則祂不會賜給宇宙萬物一項最珍貴的本能——笑。

宇宙萬物似乎都已經把笑的本能發揮得淋漓盡致，惟獨人類好像忽略了這項本能的存在，說什麼「人生一世，如入苦海」，時時為憂愁與煩惱壓得喘不過氣來；不啻是端著金飯碗討飯，何其愚蠢乃爾，更辜負了造物主的美意。

事實上愁苦與歡樂，就像是黑暗與光明，相互交替，變動不居，問題在於如何適應，必能逢凶化吉，否極泰來。人生在世永遠不會像自己想像的那麼幸福，也不會像自己想像的那麼倒楣；何不爽朗的一笑，鼓足勇氣，昂揚鬥志，面對一切險阻橫逆，迎接一切艱難挑戰，未嘗不能化險為夷，遇難呈祥。

曾國藩說：「心境不能開廣，俗見不能擺脫，非豪傑達觀之道，亦非孝子愛身之術。」拿破崙也說：「人是從苦戰中滋長起來的，唯有樂觀奮鬥，才能不斷茁壯，反之則易埋沒，默默終生。」要使心境開廣，要能樂觀奮鬥，最穩妥的辦法無須遠求，只要祭出本身具備的「笑」的法寶即可。

快樂的笑容猶如燦爛的陽光，能夠驅散漫天的陰霾；爽朗的笑聲活像金鼓齊鳴，更可嚇退迷濛的愁霧。笑容可掬，眼前的一盤蔬菜，未嘗不是一桌酒席；心花怒放，觸目所及的黃土，無疑就是耀眼的黃金。雪萊曾經說過：「笑實在是仁愛的表徵，快樂的泉源，親近別人的橋樑；有了笑，人類的感情就溝通了。」甚至可以說笑就是一種氣勢磅礡的力量，它能幫助我們建立人類互愛和美滿的人生，它可以幫助我們完成偉大的事功。因此愛因斯坦就特別強調：「真正的笑，就是對生活樂觀，對工作快樂，對事業興奮。」

有人說：「健康生快樂，快樂生健康。」二者互為因果，皆須吾人努力攫取。有人則說：「快樂如藥石，具有治病的功效。」既然具有療效，但又不必花費分文，擁有快樂也就是保障了健康，又何樂而不為呢！所以牛頓就曾經直截了當的說出：「蘊蓄愉快的思想在你心中吧！因為愉快的思想會造成愉快的生命。」

倘若感到通體舒泰，滿懷愉悅，不知不覺間便會笑口常開；反之，如果笑口常開，亦會演化成通體舒泰，滿懷愉悅的效果；最起碼每笑一次，就會促進一些蓬勃的生機。歡笑就是生命的「寒暑表」，歡笑多不祇是代表著生活中有更多樂趣，生命也必然更加充實而有意義。

韓國諺云：「一笑一少、一怒一老。」意思是說開口一笑，便能年輕一歲；發怒一回，就會老化一年。西諺有云：「每日三大笑，醫生來不了。」這是說明盡情的歡笑就能抵禦菌魔，使人百病不生。馬克吐溫索性就說：「歡樂即是健康，憂鬱即是疾病。」

天下事豈能盡如人意，若能心境恬適，常保歡樂，愁苦無不斂跡，自可隨遇而安。彌勒佛滿腔歡喜，一臉笑意，大肚能容，得其所哉，凡事一笑置之，從不與人計較。據傳祂曾有一首偈詩云：「有人打老拙，老拙先倒了；有人罵老拙，老拙哈哈笑；若液吐臉上，任他自乾了；我也省力氣，他也免煩惱。」這是何等寬廣心胸，又是何等的豁達的氣度，不爭不鬥，不忮不求，一切的凶險暴戾與狡詐欺疑焉有施虐之空間乎？

笑口常開的人，才能具有承受悲哀的韌性。笑是一種有效的鎮靜劑，即使是嘲笑生活中的橫逆，也比悲傷與哀憐來得有益。不懂得一笑置之的人，禱告與追悔皆無濟於事。時常歡笑保持樂觀的人，往往能在每種憂患中看到一個機會；愁眉苦臉悲戚難抑的人，常常會在每個機會中看到更多的憂患。

歡樂或是悲苦，常是人們一念之間的抉擇。人生有許多樂趣值得吾人笑逐顏開，譬如家庭的溫馨、友誼的可貴、藝術的會心、大自然的諧和、千奇百怪的過往經驗與回憶等，只要我們能用敏銳的思維，擷取其中愉悅的成分，不期然的便會心醉神馳，樂不可支矣！

笑臉迎人是一種高貴的修養，也是一種獲取更多回饋的簡易投資。一笑可以遮百醜，一笑更可揚百優，祇不過是微微一笑，就能掩盡缺失，展佈優異，又何樂而不為呢！世人慣常擺出一副撲克面孔，豈不令人好笑！

杞人憂天

《列子》一書的〈天瑞〉上說：「杞國有人憂慮天地崩墜，身無所寄，遂廢寢忘食，惶悚不可終日。」李太白也有詩句云：「杞國無事憂天傾。」無非都是在說明無端的悲憂、莫名的愁慮，毫無任何事實根據，可憐亦復可笑。

旁觀者清，當局者迷。儘管不值識者一笑，然而身陷其中者卻愁思如麻，哀毀逾恆，憂心忡忡，煩惱不堪，重疊綿亙，了無已時；以至於食不知味，寢不安枕，情緒低落，鬥志盡失，甚至萬念俱灰，生趣蕩然。

從「心理學」上分析，「杞人憂天」是一種下意識的「防衛機制」之過度發揮，起因於人際關係的適應不良，擔心會受到突如其來的侵擾及傷害；透過豐富的想像力，將一些莫須有的惡劣狀況，加以串綴膨脹，進而與自身連繫在一起，予以合理化的推演，從而認定大禍即將臨頭；於焉恐懼不安，神志恍惚，精神沮喪，方寸大亂，心理狀況失常，生理狀況也受到了嚴重的影響。

都是「人無遠慮，必有近憂」這句俗諺惹的禍。適度的「遠慮」，具有未雨綢繆，預作準備的效果，以免臨事慌亂而手足無措；然而過度的「遠慮」，反而容易超越事實，不切實際，陡生無數奇奇怪怪的妄念，彷彿一塊巨石壓在身上，無力將之移開，只有持續不斷的承受著痛苦的折磨。今日的社會結構複雜，人際關係密切，可變的因素太多，不太可能把所有狀況都一一掌握；僅能提綱挈領的抓住重要的樞紐即可，似乎不必想得太多，慮得太遠，遂有「人有遠慮，必有近憂」的說法出現，仔細想想，未嘗沒有道理。

想得太多，慮得太遠，往往會使人捲入勞神焦思、惶惑恐懼的漩渦之中；非但於事無補，而且為害尤烈。倘若不能奮力超脫，必然心不能安，氣不能平，煩惱焦躁，驚悸莫名。不知這種痛苦的狀況，在時間上會持續多久？在程度上會陷入多深？沒有人能夠告訴他，他也不願將自己的情形正確的對人述說，甚至連他自己也弄不清楚呢！「不識廬山真面目，只緣身在此山中」，一旦為無端的憂煩所侵擾，就像被一團濃霧所籠罩，根本看不見癥結之所在！

強悍的人，輕而易舉的便能夠克服憂愁與煩惱；平常的人，大多採取避開憂愁與煩惱的消極作法；唯有怯懦的人，才會自縛手腳一任憂愁與煩惱來肆意蹧蹋。更難以想像的是：飽受憂愁的折騰，吃盡煩惱的苦頭，竟然還弄不明白究竟為何事而憂愁煩惱，豈不令人為之氣結！

就像是杞人憂慮天崩地墜一樣，完全是一種無謂的玄思與空想，擔心害怕，煩惱不已；然而天何曾崩？地何曾墜？自我煩惱，其愚何似！即使有一天，果然出現天崩地墜的現象，則人類與萬物同歸絕滅，既非一己之力所能掌控，徒自憂愁煩惱又有何用？

一般人的憂愁煩惱，並不像「杞人憂天」那樣嚴重，然而其道理則如出一轍，絕大多數是一種預思或假想在作祟。說它是種無知的想像或低能的心結倒也未必，許多智慧過人、心思細密的人，反而更容易陷入莫名其妙的憂煩泥淖之中，愈陷愈深，難以自拔呢！第二次世界大戰時英國首相邱吉爾說：「當我回顧所有的憂愁及煩惱時，忽然想起一位老人的故事，他臨終時述說一生中的憂愁煩惱太多，絕大部分擔心害怕事卻從來沒有發生過。」如此看來，又何必枉費心思，徒耗精力，去作些無謂的犧牲呢！

諺云：「填不滿的是慾海，攻不破的是愁城。」慾海深不可測，與其竭力填充，不如釜底抽薪來得有效；愁城牢不可破，正面進攻不易，何不採取攻心為上的策略呢！憂愁煩惱不來招惹你，千萬不要自己去找它爭長論短；你若無事生非，偏偏想要自找麻煩，憂愁與煩惱正好趁機奮進，殷勤相就，便會逞能施虐，永無寧日矣！

無端憂煩就像一把搖椅，動盪不已，卻了無寸進。長時間的折騰，足以使人心灰意懶，卻又焦躁不安；看似無關緊要，卻能擾亂生活步調，進而破壞身心健康，使人變得神經兮兮；對事物的認知與評估都出現了相當程度的落差，一切的活動與作為，幾乎瀕臨停頓的狀態；長此以往，更大的損失與挫折，勢必接踵而至。

「杞人憂天」既屬無的放矢，無謂的擔心害怕徒增憂煩而已。首先要認清這是一種有百害而無一利的窩囊心態，務必要豁然振作，竭力加以排拒、扭轉及克服；其次要客觀的加以分析及評估，判定其確實的份量，採取必要的因應措施，避免反覆空想而勞心傷神；最後更要仔細衡量，如果確認危難必不可免，任何努力與對策皆無濟於事，則只有聽天由命而已，否則危難尚未到來，自己先已崩潰，豈不是天大的笑話。

衡情度理，大凡「杞人憂天」式的憂愁與煩惱，十之八九都不會真正成為事實；即使十分之一可能實際來臨，唯有鼓起勇氣，迎接挑戰而已。人生原本就是一連串的戰鬥過程，多一樣或少一樣在本質上並無太大差別，又何必勞心費神，永無休止的自我折磨呢？

如果不認為自己是個怯懦的人，就應該奮力擺脫「杞人憂天」式的憂愁與煩惱；只要鼓勇前進，任何艱難困阨都可以迎刃而解，更何況是虛無飄渺的憂愁與煩惱呢！

何必作繭自縛

學富五車的人，有時甚至比略識之無的人還要遲鈍；凡事井井有條的人，一旦到了緊要關頭反而會手忙腳亂，理不出頭緒也抓不住重點。

我們對於任何事情固然要認真的思考，但是千萬不可過分的思慮；認真思考可獲簡潔的處置之道，過分思慮適足畏首畏尾，舉棋不定，患得患失而作繭自縛。

天地之謂兩大，兩大之間以人為貴，人為萬物之靈，萬物皆備於人，無所不容，無所不包，亦無所不有，又何必非要攫為己有不可；物理如此，人情亦然。所謂「耕者讓畔，行者讓路」，不與人爭長論短者，常可多得利益；凡事能退一步者，反而能前進百步；何必畫地自限，作繭自縛呢？識見議論，待人接物，最忌小家子氣勢。曾國藩嘗言：「凡喜譽惡毀之心，即鄙夫患得患失之念，倘若不能打破此關，則一切學問才智，適足以欺世盜名。」能夠大有為者，不只是才能優異，尤其要器量寬廣，神情暇豫，穩若泰山，鎮定清奇，無急急之意，無切切之容，豁達灑脫，無所罣礙，方見其高，更見其大。

經常炫耀自己的人令人生厭，自責自貶的人往往被人信以為真；不必自視過高，也不必妄自菲薄，兩者皆為作繭自縛，煩惱因之滋生。別人的稱讚，不可過分認真；別人的毀謗，更不可斤斤計較。一念收斂則萬善同來，一念放恣則百邪畢至；此心公正清明，自然舉措得宜。《後漢書》有云：「愛之則不覺其過，惡之則不知其善。」《六韜》亦云：「愛其人者愛其屋上烏，憎其人者憎其餘胥。」偏頗特甚，全然不顧事實，殊為不妥而有欠公平。因之《論語》上有云：「愛之欲其生，惡之欲其死，既欲其生，又欲其死，是惑也。」惑之又惑，豈能豁達得起來。

表面上儘管放低姿態，骨子卻不妨提昇自己。不必嫉妒或憎恨別人，慣於嫉妒及憎恨的人，不但會從自己的生活中拿掉快樂的因子，還會在人際關係中產生許多麻煩。不與俗人爭，要與聖賢比；不可爭一時，但要爭千秋。倘若有人罵我，不必以牙還牙，若一回罵，看似貶低了對方，出了一口烏氣，實際上卻是提昇了對方。俗諺云：「罵歸他罵，說歸他說；我不還他，他也臉熱。」何況倘若人家罵得果然事出有因，愧責之不暇，惟有聽之而已。古人常言：「何以止謗，曰無辯。蓋辯愈力，則謗者愈巧。」西諺則說：「非難比讚美安全。」尤其發人深省，如果盡其在我，不必在意別人的毀譽，豈不減少了許多牽絆。

盡自己應盡的責任，守自己應守的本分，無事不生事，有事不怕事；穩紮穩打，勉力為之，孜孜矻矻，終必有成。一個人立身行事，務須度德量力而為，不可把樣樣事情都跟自己扯在一起，力有不逮，煩惱踵至，不啻又是作繭自縛；蓋事有輕重緩急，能夠打理清楚，抓緊要點，就是絕頂的智慧運用。人之資質有別，所負之責任自應有所等差；沉雄厚重是第一等資質，磊落豪雄是第二等資質，聰明才辯是第三等資質。才大願小，則無往而不利，才小而願大，則處處捉襟見肘。減低願望至最低限度，發揮才幹至最高程度，不但處事輕鬆愉快，而且生活也會滿足幸福。

不必奢望自己樣樣都臻於完美的境地，偶爾的小小失誤或放蕩，只要不影響別人，用不著拚命的追悔或掩飾；世界上至今似乎仍然沒有出現過百分之百的完人，不露絲毫缺點的人，不是白痴便是偽善者。一心想要完美無缺的人，同樣是作繭自縛，一旦紕漏迭出，大有身心崩潰的可能呢！然則「鐫金石者難為功，摧枯朽者易為力」，隨波逐流，猶如江河日下，不知伊於胡底矣！王荊公云：「知妄其妄，其妄是真；認妄為真，雖真亦偽。」遇事貴有斷制，辦事最要灑脫，如何拿捏得宜，端在吾人修養而定。

天下事務，多不勝數，非一人所能獨攬、獨斷、獨行、獨守也。大抵說來，智者慮之，能者斷之，義者行之，仁者守之；只要能作到「事來莫放過，事過莫追悔，事多莫煩躁」，已可無愧於心矣！倘能著眼於大者遠者，不必在意小者近者，將不至於陷入作繭自縛的泥淖。

善莫大於尊重別人

在生命的歷程中，一個人能夠享受到多少福祉，獲得什麼樣的位階，留下美好或醜惡的名聲，完全要看尊重別人的程度而定。

倘以貶損別人的尊嚴來增加自己的榮耀，想要使別人吃虧來博取自己的利益，更無視別人的生存權利及生命的理念，倨傲自大，為所欲為，甚至把自己的幸福建築在別人的痛苦上；其結果不但是彼此同蒙損害，甚至極可能使自己走上絕路呢！

《易經》上說：「天地之大德曰生。」意思是說天地孕育萬物，覆載生靈，無分貴賤、大小皆獲得同等的眷顧及愛憐。高景逸嘗言：「愛人者，人恆愛之；敬人者，人恆敬之。我惡人，人亦惡我；我慢人，人亦慢我。」在芸芸眾生之中，互助合作，彼此尊重，才能和和樂樂，共同營造出美滿的生活品質；當我們孜孜矻矻的謀求一己的利益時，同時也要想到別人也有同樣的需求，倘能兼顧別人的存在及需要，進而統力合作，必能使自己的目標易於達成；唯有彼此同蒙其利，才能確保自己的利益。愛人更能敬人是一種人生必要的美德，投桃報李的心情人皆有之，付出的愛心與敬意越多，收穫的關懷和仰慕也必然泉湧而至。因而《中庸》上有云：「故大德必得其位。」既然在別人心目中有了美好的形象，自己在人群中的「位階」自必崇高偉大矣！

敬愛別人，多半是著眼於別人的長處和優點，尤其重要的是還要包容別人的短處與缺點；十指有長短，林木有高低，十全十美，談何容易。既然對人有愛敬之心，就應該心存恕道以期更加周延，並能本諸愛敬之心，進而妥收感化的效果。朱以功說：「事事能放過他人，則德日弘；時時不肯放過自己，則學日密。」這也就是「寬以待人，嚴以律己」的道理。除了寬容別人，捐棄成見而外；還要檢點自己的缺失，改善自己的修為，而臻於完美的境界。

孔子一生講求「忠恕之道」，但他的弟子們卻有不同程度的認知與作法。子路認為：「人待我好，我也待人好；人待我不好，我也待人不好。」這是一種「以恩報恩，以怨報怨」的作法，一般人大都認同，並視為理所當然，無可厚非之處。子貢則認為：「人待我好，我也待人好；人待我不好，敬而遠之可也。」這是一種「以直報怨，不予計較」的作法，具有一種容忍和寬恕的美德，已屬難能可貴，從而也消弭了許多無謂的紛爭。顏回卻說：「人待我好，我也待人好；人待我不好，我也待人好。」這是一種「不計嫌惡，以德報怨」的作法，必須要有崇高的理性與豁達的襟懷，乃克致此，非碌碌俗人所能體會，更遑論身體力行矣！

人類社會雖然有貧富貴賤的分別，生命的本身自有其凜然不可侵犯的尊嚴和地位在焉！蔑視別人的人格，輕忽別人的存在，到頭來只不過是剝奪了自己的名聲，踐踏了自己的人格而已。中外歷史上多少暴虐殘酷的昏君、奸臣、惡棍、佞人，倒行逆施，胡作非為，作惡多端，為非作歹，勢必會落得眾叛親離的結果，走上獨夫、瘋狂的淒涼道路；生不如死，痛苦萬分，最後不但受到了作惡多端的報應，更留下了千年萬世的罵名。換言之，歷史上也不乏許多慈悲為懷的明君、賢臣、英雄、豪傑，抱持誠懇虔敬的心態，至謙至卑的德性，痌瘝在抱，造福群黎，尊重別人的人格，衛護別人的權益；於是得道多助，左右逢源，在世之日固可發揮人性的光輝至極致，贏得人生在世的峻隆位階，身後美名亦必永遠受人敬仰讚頌而至永恆。

人生的快樂與幸福，莫過於「心安理得」四個字，不作惡、不逞強、守本分、盡責任，無牽無礙，自能氣定神閒，心安理得。若再能容忍別人、尊重別人、幫助別人、敬愛別人，凡事能夠拋開自己的成見，多替別人設想；自然能與別人和諧相處，變競爭為互助，化暴戾為祥和，也才能跳出物質文明的牢籠，重建美好的心靈世界。

仁者無敵

仁者能克己復禮，能愛人敬人，且能澤及萬物，天下無所拒亦無所怨，遂能無往而不利，是謂「仁者無敵」。

「禹思天下有溺者，猶己溺也；稷思天下有饑者，猶己饑也」，這就是仁者之心，遂有敬事愛人之舉措。朱熹解釋稱：「仁者愛之理，愛者仁之用。」易言之，仁係「內聖之功」，愛乃「外王之效」；仁是內在的意念，愛是外發的行為；仁是體，愛是用；因為具有「仁心」，所以有愛人的「善行」，互為表裡，相得益彰。

商湯具有豐沛的仁心，故能弔民伐罪，一舉擊滅夏桀，就是以至仁伐至不仁的結果。當他為夏朝諸侯時，一日郊行，見狩獵者四方張下羅網，並向天祝禱曰：「從天墜者，從地出者，從四方來者，皆入吾網。」商湯認為這種一網打盡的作法極為不仁，乃勸其拆除三面羅網而僅留下一面，並勸說狩獵者把祝禱辭改為「欲左者左，欲右者右，欲高者高，欲下者下，不用命者，乃入吾網。」這是一種基於仁心所發揮出來的善念與愛心，當時的諸侯咸謂：「湯德至矣，及於禽獸。」於焉紛紛歸順，遂代夏而有天下。

商紂王失德，天下洶洶，周文王修築「靈臺」時，掘地挖出一副枯骨，文王大為不忍，命令屬下擇地更葬。或曰：「此無主枯骨也，何必大費周章！」文王曰：「有天下者，天下之王也；有一國者，一國之主也；今我非其主耶？」嚴令吏士更以衣棺擇地遷葬之。天下聽到了文王遷葬枯骨的消息，皆云：「文王賢矣！澤及枯骨。」遂能天下歸心，迨至武王伐紂時，直如摧枯拉朽耳。

孔子繼承禹、稷、湯、文的思想，大倡「釣而不網，弋不射宿」的作法。孟子則謂：「君子之於禽獸也，見其生不忍見其死，聞其聲不忍食其肉，是以君子遠庖廚也。」孟子對於仁心與善行體會得最為真切，嘗言：「今人乍見孺子將入於井，皆有怵惕惻隱之心。非所以納交於孺子之父母也，非所以要譽於鄉黨朋友也，非惡其聲而然也。」這種怵惕惻隱之心就是仁心，有了這種仁心，才有救援孺子的善行，這種行為就是仁愛的具體表現。所以孟子認為：「無惻隱之心，非人也。」換句話說，沒有仁心善念的人，就不夠作人的標準，與禽獸又有什麼差別呢！

子路問「仁」於孔子，孔子曰：「能行五者於天下，為仁矣。」再問五者為何？答以：

「恭、寬、信、敏、惠也。」恭則不侮，寬則得眾，信則人任焉，敏則有功，惠則足以使人。孔子在《論語》中先後提到「仁」字達六十餘次之多，似乎是以「仁」字統攝諸德，渾然與萬物同體。因此，當韓愈以「博愛」來解釋「仁」字時，便屢屢遭到質疑，認為縱然把「愛」加上「博」來解釋「仁」字，仍然無法包涵「仁」字的全般真意，不啻是把「仁」字狹隘化了。《韓愈論》中就說：「擇焉而不精，語焉而不詳。」遂落得箇以偏概全之譏。

其實，儘管「仁」字可以統攝諸德，涵蓋了「禮、義、廉、恥」；「智、信、勇、嚴」；「恭、寬、信、敏、惠」等一切道德的理念，但誠如墨子所言：「仁人之所以為事者，必興天下之利，除去天下之害，以此為事者也。」這種興利除弊行為，厥唯愛心是賴，苟無豐沛的愛心作為動力，焉能有鍥而不捨的毅力與犧牲奉獻的情操乎？正因為有了豐沛的愛心，才能發揮愛同胞、愛朋友、愛人類、愛宇宙萬物的博愛精神來待人處事。張載認為宇宙萬物皆為天地所生，天為父，地為母，人類皆吾同胞，萬物皆吾伴侶，既屬同根一氣，自應休戚相關，彼此相愛，「民吾同胞，物吾與也」其意在此，基於民胞物與的理念，自能產生仁民愛物的情懷。

《勸善錄》上說：「籠養飛鳥，閑繫走獸，以其聲音外貌，可以悅吾耳目，供吾翫樂也。使彼日處於憂愁之境，何不仁乃爾，若放之於山林，使其得以自在，其何異於囚人之脫去囚牢！一身能自戒殺，則一家必不嗜殺；一家不嗜殺，則一鄉皆仿效之。」「天地」只是箇孕生萬物的心態，「聖賢」只是箇愛護萬物的理念，人類「主宰」萬物，動輒橫加荼毒，呂近溪有言：「蜂蝶也知饑寒，螻蟻都知疼痛，誰不怕死求活，休要殺生害命。」少殺生命最可養心惜福，一般皮肉，一般痛苦，一般動物但不能言語耳！

中華民族原本是最具仁心愛意的民族，一向講求「親親而仁民，仁民而愛物」；稟承「天地與我並生，萬物與我為一」的意旨；「飽知人饑，溫知人寒」；「老吾老以及人之老，幼吾幼以及人之幼」，對人如此，更能惠及萬物。昔者程頤為宋哲宗老師，春天嫩柳初舒時，這位天子門生無意間折下一枝柳條把玩，程頤正色謂：「春始草木萌生，豈可加以摧折？」古人愛物如此，何況人乎？

科技發達之後，人類以征服自然為能事，過去，原本最具仁民愛物的中華民族，反而飽受洋人船堅砲利的摧折；如今，世人警覺到人類只有一個地球，倒回頭來大事提倡環境保育時，吾人的觀念與行為反而跟不上先進國家的腳步，而受到紛至沓來的指責，歸咎為「犀牛的終結者」、「老虎的剋星」等不一而足，質諸民族的傳統德性，豈不令人汗顏乎！

博愛之謂仁，德莫大於仁民愛物，仁者愛之理，愛者仁之用。秉持仁心愛意，抖擻昂揚之精神，發而為建設性之行動，不以盛衰而改節，不以存亡而易心；終必能得道多助，左右逢源，豈止無敵於天下，更能無往而不利。

年老心不老

回想「少小邊城慣放狂，慣騎蕃馬射黃羊」的歲月恍如昨日，而今已經是「春水人如天上坐，老年花似霧中看」的年紀，好在心情依然蓬勃，縱然體力衰退又有何妨。

根據「生物學」的研究發現，任何動物的正常壽命應是其成長期的五倍。準此而論，人類的成長期是二十年，理應活到百歲；卻因為自我蹧蹋了生理的健康，尤其是忽略了心理的建設；遂使氣血不足，功能失調，精力減退，提早了衰老狀況的來臨。如何使自己慢慢的老去，應該是人們智慧中最主要的課題，也是生活藝術中最精粹的一章。

一般人常說：「年齡有三種：一是生理的，一是心理的，另一才是歲月的。」有人已經年逾古稀，但卻虎虎生風，活得興致勃勃；有人剛過不惑之年，即出現髮蒼蒼、視茫茫、齒搖搖、步履蹣跚的龍鍾老態矣！叔本華認為：「人生前四十年，不過是嘗試階段；後四十年，才賦予生命以真實的意義。」吾人不妨再加上一句：「最後的二十年，才是真正好整以暇享受人生的階段。」人生理應作百年的生涯規劃，倘若能夠保持身體健康及精神愉快，便能青春永駐，即使年齡已經很老，照樣會活得意興盎然。

《靈樞經》上有「人之壽百歲」的說法，陸機據以撰寫〈百年歌〉云：「十歲時，顏如蕣華光有暉，體如飄風行如飛；嘻嘻哈哈相追隨，終朝出遊薄暮歸。二十歲時，膚體彩澤玉樹風，美顏淑貌灼有榮；高車駿馬遊都城，高談雅步何盈盈。三十歲時，行成名立有令聞，力可扛鼎志干雲；食如漏巵氣若虹，高冠素帶煥翩紛。四十歲時，身強力壯志方剛，叱咤風雲意氣爽；跨州越郡入帝鄉，出入承明擁大璫。五十歲時，荷旄仗節鎮邦家，鐘鼓琴瑟趙女歌；羅衣璀璨金翠華，言笑之間壯山河。六十歲時，年已耆艾業已隆，駿駕四牡入紫宮；軒冕過處翠雲中，子孫昌盛家道豐。七十歲時，精神頗損膂力愆，清水明鏡不欲觀；臨樂對酒轉無歡，攬形覩影自長嘆。八十歲時，明已損目聰去耳，前言往往不復記；辭官致祿歸桑梓，安車駟馬返故里。九十歲時，言多謬誤心多悲，子孫拜見或問誰；指景玩日慮安危，感念平生淚交揮。百歲時，目若濁鏡口垂涎，呼吸頻促反側難；四肢百骸多病患，茵褥滋味不復安。」描述從十歲到百歲的生理變化、形體特徵及精神狀態，絲絲入扣，頗為傳神。

大體說來，十歲稚齡，懵懂無知；二十歲血氣方剛，英氣煥發；三十歲身心圓熟，勇毅奮進；四十歲見多識廣，融睦持重；五十歲初生華髮，漸趨保守；六十歲華甲初度，偏重守成；七十歲力不從心，百感交集；八十歲垂垂老矣，意興蕭索；九十歲行動維艱，唏噓感嘆；百歲時日薄崦嵫，只是靠回憶來打發時間矣！倘若能始終保持一些青壯年時期的興趣、理想、習慣、熱忱、豁達、勇毅的心態和作風；必然會驅散落寞、枯寂、消沉、憂鬱、冷漠、呆癡、怯懦的侵蝕。海明威曾經說過：「青年人要有老年人的沉著，老年人應有青年人的精神。」

果能如此，則老年人何嘗不是青年人的開花時節，壯年人的結果季節；矍鑠的老年人儼然就是更成熟的青年人，也是最卓越的壯年人啊！智慧、經驗、反應、判斷，皆寓於老年人的頭腦之中，假如沒有老年人的支撐，家庭可能會支離破碎，所有機構團體可能會搖搖欲墜，而社會亦將解體，國家勢必瀕臨危亡。老年人活像是一部字典、一本歷史書籍、一個卜者及一面鏡子；隨時為青、壯年人解決疑難，傳授機宜，指示方向與鑑別真偽利害。倘若一個老年人，除了他的一大把年紀以外，再也沒任何其他足以表示活得夠久的東西，不但最不體面也是最大的悲哀。愛默生就曾說過：「我們不要老是去計算一個人的年紀，除非他沒有一點其他東西可供計算。」

如果你擁有其他許多東西可供別人來計算，年齡的累積已經無關重要，別人既然不予重視，你自己也會渾然忘卻，而不知老之將至或老之已至矣！富蘭克林說：「青年時期的鹵莽，造成老年時期的悔恨。」大部分的人都是用自己早年的放蕩，漫不經意的造成了晚年悽愴；

青、壯年時期放浪形骸所開出的支票，鐵定在晚年時期就得連本帶利一併償還。青年時期是開創的時段，壯年時期是蓄積的時段，老年時期才是享受成果的時段，這也就是胡適所謂的「要怎樣收穫先怎樣栽」的道理所在。

國人雖然認為「人之壽百歲」，但卻把六十歲以上稱為「老年期」，七十歲稱為「耄」，八十歲稱為「耋」，九十歲稱為「鮐」或「黃耇」，一百歲稱為「期頤」。諺云：「六十不建屋，七十不留宿，八十不留餐，九十不出門，百歲不起身。」意思是說六十歲的人就不必營建新屋，以免飽受折騰；七十歲的人就不可在外留宿，以免健康狀況或有不測之虞；八十歲的人就不必在外用餐，以免萬一噎著而難以照顧；九十歲的人最好能夠在家靜養，以不出門為宜；百歲人瑞或坐或躺，甚至連站起身來都要格外謹慎呢！時下科技發達，醫療進步，上述的說法自然有重新評估及調整的必要，固不必拘泥於傳統的看法及作法矣！

少年望將來，老人鑑既往；每個人都希望長壽，但卻沒有人願意衰老。既然有進步的醫療可以照顧外在身體的健康，尤應注重心理的衛生，常保內在的心態平衡。心靈常浴於愛河之中，不斷的在知識領域中持續追求，熱中於參加一些聚會及活動，用仁慈及熱心面對一切，忘掉那些不愉快的往事並凸顯值得珍惜的片斷，不必倚老賣老故示權威，何妨降低姿態與年輕人打成一片，不吝傳遞自己的經驗，奉獻自己的智慧；心情永遠不老，年齡無關重要。

聖潔的白髮，散發著神聖的光芒，仁慈與寬容能夠贏得眾人由衷的仰慕，俯仰無愧理應有輕鬆愉快的心境；老翁與幼童在心態與行為上有諸多相似之處，原因就是沒有責任也沒有壓力，盡可隨興而作，隨緣度日。莎士比亞說：「老年是第二次的兒童。」大可快快樂樂的過活，何必唉聲嘆氣的愁眉不展呢！只要心情年輕，人生便充滿了樂趣。

花落有餘香

「人生由來不滿百，安得朝夕事隱憂。」這是明代景泰名臣于謙對生命的看法。「自靜其心延壽命，無求於物長精神。」則是唐代大詩人白居易對生活態度的理念。

清江漁夫，茅田農父，樂天安命，悠然自得；京華貴人，市儈富賈，翻雲覆雨，錦衣玉食，反而心為物役，難得自在。歐陽修有詩云：「金非不為寶，玉豈不為堅；用之以發墨，不及瓦礫頑。」金玉晶瑩璀璨，瓦礫樸實無華，若論實質用途，金玉猶不及瓦礫也。

水火無情，草木無知，土石無氣，禽獸無義；唯獨人類有情、有知、有氣、有義，故為萬物之靈。萬物為人類所備，更為人類所用；人類自應愛護萬物，尤應珍惜萬物。無情無義而生，不若有情有義而死；違背良知而得，不如保全良知而失。

為人當自愛、自重、自尊和自勉，則能自我約束及自我惕勵，為所當為，不為所不當為；為人不當自是、自恣、自驕兼自大，否則便會剛愎暴戾，胡作非為，不獨一己罹禍，亦將貽害他人。黃宗羲有言：「大丈夫行事，論是非不論利害，論順逆不論成敗，論萬世不論一生。」眼光要遠大，志向要高潔，務必要樹德於生前，留遺愛於身後，肉體雖有時而歿，聲名德澤卻永留人間。

每一個人的一生，都應當為後世留下一些高尚而有益的東西；不是金銀財寶，而是美德與善行。苟有一事可資傳頌，或有一言可資借鑑，都會使人常記心中；當一個人離開這個世界以後，人們所津津樂道的不是他究竟聚集了一些什麼，而是他施予別人了一些什麼？所謂「蚌死留夜光，劍折留鋒芒；哲人歸太虛，千古傳圭璋」，就是這個意思。

東漢時仲長統論天下士有「三可賤」：「慕名而不知實，一可賤；不敢正是非於富貴，二可賤；向勢背衰，三可賤。」這也就是浮華不實，徵名逐利，趨炎附勢的軟骨小人的行徑。真正有一副硬脊樑的君子人物，則是「勢利壓山岳，難屈志士腸；男兒自有守，可殺不可苟。」不戚戚於貧賤，不汲汲於富貴；不要人誇好顏色，只留清氣滿乾坤。

翻手作雲覆手雨，紛紛輕薄何須數，人生原本就是寄蜉蝣於天地之間，不思悠游自在，卻偏喜興風作浪，到頭來卻是自作自受，痛苦不堪；所幸有德有識之仁人志士，力挽狂瀾，砥柱中流，才為人間保留了一些正氣，創造出許多福祉，遂能立德揚名，永垂不朽。

眾人重利，廉士重名，賢士尚志，聖人貴情。即使「春風秋月不相待，倏忽朱顏變白髮」，輒能「老柏搖新翠，幽花茁晚春」。但使心閑難自老，莫向光陰惰寸功，只要夕陽無限好，何須惆悵近黃昏；老年是收穫的時段，幼年萌芽，青年茁長，壯年開花，老年結果，正宜歡忻的採收，更何憂之有？

俗諺云：「老柴好燒，老酒好喝，老友可靠，老書耐讀。」老年人最有經驗，最富智慧，最講誠信，最不屑於耍奸使詐；具有慈祥的愛心，寬容的襟懷，仁愛的作風與聖潔的心靈。莫道桑榆晚，為霞尚滿天；歲老根彌壯，陽驕葉更蔭。誠如鄭板橋的詩云：「新竹高於舊竹枝，全憑老幹為扶持。」如果沒有老年人的主宰，則家庭不像是俗謂的避風港；如果沒有老年人的主導，社會可能日趨混亂，國家亦可能瀕臨危亡。

人生非金石，豈能長壽考；少年安得長少年，海波尚變為桑田。有生必有死，有始必有終，要是認為人生如戲，總有落幕之時，若是認為人生如入苦海，也該有入港上岸之時；然則生而有益於世，死而留下美名，則雖死猶生，否則雖生而猶死也。

老驥伏櫪，志在千里；烈士暮年，壯心不已。雙鬢多年作霜雪，寸心至死仍如丹；壯志未與年俱老，死去猶能作鬼雄。真個是「竹死不變節，花落有餘香」了。

金錢半能論

法國諺云：「金錢是最有效力的通行證。」

英國諺云：「金錢可以派上一切用場。」

義大利諺云：「金錢有一種迷人的芬芳氣味。」

德國諺云：「金錢能夠使人為所欲為。」

丹麥諺云：「金錢能表現一個人的力量。」

荷蘭諺云：「金錢足可支配世界。」

日本諺云：「金錢是能幹而忠順的奴僕。」

俄羅斯諺云：「金錢能致任何事物於任何處所。」

中國更有「金錢萬能」的說法，譬喻云：「缺乏金錢之人，猶之乎弓之無矢，船之無帆，一切均一籌莫展。」因此更有「有錢能使鬼推磨」的俗諺，彷彿是只要囊中有錢，任何願望及理想均可唾手而得，揆諸事實，並非盡然如此。

憑恃囊中有錢，固然可以輕而易舉的獲致一切你所想要的東西；但是還有許許多多與吾人息息相關的事物，即使有再多金錢亦無法取得，遂使「金錢萬能論」受到了無情的考驗。正確說來，還是「金錢半能論」的理念較為符合實際情形，亦即金錢固能發揮磅礡的力量，但亦有時而窮，甚至毫無用武之地呢！

金錢可以買到華麗的衣飾，但卻買不到高貴的人品；金錢可以買到珍饈美饌，但卻買不到甘醇的食慾；金錢可以買到柔軟的寢具，但卻買不到香甜的睡眠；金錢可以買到高車駟馬，但卻買不到快樂的心境。

金錢可以買到脂粉珠寶，但卻買不到天然的美貌；金錢可以買到優異的伴侶，但卻買不到真摯的愛情；金錢可以買到酒食徵逐的交情，但卻買不到兩肋插刀的朋友；金錢可以買到別人的唯命是從，但卻不能買到別人發自內心的尊敬。

金錢可以買到豪華的宅第，但卻不能買到甜蜜的家庭；金錢可以買到上好的紙、墨、筆、硯，但卻不能買到文思泉湧；金錢可以買到聲色犬馬的娛樂，但卻不能買到真正的心神怡悅；金錢可以買到紛至沓來的諂言媚語，但卻不能買到逆耳的忠言。

金錢可以買到虛幻的權勢，但卻買不到睿智與聰明；金錢可以買到豪奢的排場，但卻買不到衷心的喝彩；金錢可以買到先進精密的武器裝備，但卻買不到真正的和平；金錢也許真的無所不能，但卻同時將會帶來難以估量的後遺症與副作用。

如此看來，「金錢萬能」之說，早已不攻自破，倒是「金錢半能論」，方可切合實際。金錢有如冰柱，有時出現，有時溶化，順乎自然可也，似可不必太過計較。《禮記》上云：「君子辭富不辭貧」。《論語》上云：「君子憂道不憂貧」。《漢書》上更云：「不汲汲於富貴，不戚戚於貧賤。」行修名立的君子人物，往往在意道德的修為與長進，對於富貴多金或貧賤坎坷，根本不曾放在心上。昔賢嘗言：「貧不足羞，可羞是貧而無志；賤不足惡，可惡是賤而無能。」為人而無遠大的志向才是真正的貧窮，而了無任何才能可言，寄生於人群之中，實在是百無一用，低賤無比矣！

常聽人說：「錢是英雄膽。」又說：「一文錢逼死英雄漢。」或說：「荷包如果貧乏，心靈便會生病。」正因為如此，人們便直覺的認定金錢就是幸福的媒介，擁有金錢便可以獲得一切；於是巧妙的搜羅金錢者有之，處心積慮甚至強取豪奪者亦有之，為了獲取金錢，人世間不知發生了多少悲劇，一枚小硬幣，常常相當於一滴眼淚。

「貧窮並不可恥」這句話已成為大家的口頭禪，但是在內心深處同樣持此想法的人卻寥寥無幾。一般人起初並不完全了解金錢的真正價值，直到有一天向人告貸時才有了明確的認知。一旦自己擁有金錢，不但捨不得花用，還要小心翼翼的加以隱藏，生怕別人看來眼紅，又擔心將有被人借去或搶去之虞；不只是否定了「金錢萬能」之說，連「金錢半能論」也得不到適度的發揮呢！

賺取金錢，必須要煞費心機；花費金錢，也要有昂揚的心情才行。金錢和時間是人類最難處理的兩樣東西，金錢像是肥料，撒下去才有用處，然而撒到何處？或撒多撒少？就全憑自己巧妙的拿捏了；時間是一切的根本，必須有效的把握，如梭似箭，一去不回，「寸金難買寸光陰」，時不我予，後悔無及矣！

人之初生原是空手而來，離開這個世界也是空手而去，活在世間的這一段時間，倘能儘量減低物質慾望，視名利如過眼雲煙，就不至於會過分重視金錢。馬克吐溫說：「視金錢為萬能之物的人，為了獲取金錢可能什麼事都幹得出來。」反之，倘若視「金錢半能」的人，才會有所為亦有所不為。老子早就說過：「罪莫大於可欲，禍莫大於不知足，咎莫慘於欲得。」香餌雖美，靈龜聞而深潛而不為所動，鸞鳳見而高翔而知其有害於身也。白居易有詩云：「奢者狼藉儉者安，一凶一吉在眼前。」得其所利，必慮其所害；樂其所成，必顧其所敗。不昧己心，不盡人情，不竭物力，三者可以為天地立心，為生民立命，為子孫造福。

馱負黃金的驢馬覓草而食，猶如持金飯碗乞討一般。囊中貯滿金錢卻不捨得使用，甚至不知道如何使用，真是一種莫大的悲哀；迷信「金錢萬能」，鐵定不會給自己帶來幸福與快樂，多半會力有不逮而遭致失望的痛苦；倘若抱持「金錢半能」的意念，庶可允執厥中而得其所哉！

春的跫音

嫩柳搖綠，百花吐艷，細雨洗淨了冬天的灰暗，春雷嚇跑了漫天的陰霾，明媚的春光像是一個艷麗的舞姬，一下子鑽出黑色的帷幕，踏著輕盈的步伐，搖曳彩色的裙裾，迴盪在大地的舞臺上，於是綠野平疇、山湄水涯之間，到處充滿一片盎然的生機。

和煦的陽光，輕吻著柔枝嫩葉；溫柔的輕風，拂掠過林梢簷角；悅耳的鳥語，襲人的花香，給人們枯寂的心田裡添滿了蓬勃昂揚的希望，以曼妙的音樂與馨香的氣息，更喚醒了天地萬物，重新合力經營一個錦繡春天。

白雲朵朵，悠閒的飄蕩在蔚藍的天空；遠山如黛，已從沉睡中睜開了眼睛；綠草如茵，小精靈般的手牽著手鋪滿了原野；野生的五顏六色花朵，爛開在陌頭溪畔；紫燕黃鸝穿梭於柳絲之間；色彩斑斕的蛺蝶，忙忙碌碌飛舞於萬紫千紅的花叢裡；池塘上群鴨嬉戲追逐；農夫們正忙著進行辛勤的耕作，這一切都為春天的跫音，描繪出動人的輪廓。

一片新綠

枝頭綴滿葉苞，柳絲一脈嫩黃，從山麓到原上，隨著暖洋洋的春風，到處灑滿了濃濃淡淡、深深淺淺的綠意，裝點出一幅青翠玲瓏的童話世界。

腳下的泥土，經過春雨的潤澤，變得格外鬆軟，更多綠色的生命，正在興致勃勃的鑽出地面，充滿一股香息的空氣裡，蕩漾著沁人心脾的明媚春光。

一陣細雨過後，一陣春風拂過，枝頭葉上猶有點點水珠，在陽光照射下，越發顯得清新醉人。春之神送給大地一襲巨大的綠色絲絨氅袍，把山巒、田野、林木、園圃，甚至小小的牆隅、屋角、庭前、階下，都一齊覆罩在綠意盎然之中。

有道是「墨分五色」，使中國的繪畫進入神奇的境界，令外國人嘆為觀止；其實綠色亦復如是，又豈止五色而已，試看：粉綠色的芽苞、嫩綠色小草、鮮綠色麥苗、濃綠色藤蘿、墨綠色的針葉樹與藍綠色的溪流湖沼，單祇是各種各樣的「綠」，就能渲染出一片鮮活誘人的氣韻了。

繁花如錦

杜鵑花染紅了山坡，迎春花黃澄澄的爛開在峭崖谷口，桃花迎風含笑，李花潔白似雪，櫻花火爆枝頭，紫雲英像是一團一團紫色的火燄，在阡陌間燃燒開來；春天是屬於鮮花的季節，萬紫千紅，爭奇鬥妍，裝點出人世間的璀璨艷麗，處處引人入勝，更惹人愛憐。

是誰把紅的、白的、紫的、黃的油彩，豪奢的塗抹在天地之間；是誰把大量的香水，不計工本的揮灑到大氣之中；不消說，這些都是春之神的慷慨傑作。據植物學家的統計，世界上四分之三的花朵，都趕著在明媚的春光裡含苞綻放，擺出磅礡的陣勢，驅走了冬天的陰霾與灰暗，給人們帶來清新的訊息和嶄新的希望。

雲淡風輕，水淨沙明，春花爛漫，蜂飛蝶舞，「酒涵花影紅光溜，爭忍花前醉不歸。」「春風馬蹄疾，看盡陌上花。」「窗外喚賣花，嬌聲入窗紗。」「只恐夜深花睡去，故燒高燭照紅妝。」鮮花雖然饑不可食，寒不能衣，但是它所帶給人們的崇高價值與意義，又豈是人類衣食方面的滿足所能望其項背！

波光瀲灩

溪流清澈見底，湖塘波平如鏡，春江水暖群鴨嬉游，水田裡一片澄明潔淨，到處呈現出玲瓏剔透的美態；既無波濤洶湧，亦無濁浪排空，多的是波平如鏡，倒映出柳絲如煙，春山黛綠，白雲朵朵，藍天如洗。

一陣微風過處，水面上出現一波又一波的粼粼光影，細細碎碎的勾畫出柔美的圖案；於是遊人為它陶醉，詩人靈感泉湧，「水是眼波橫」，使人聯想到春天就像是一個美豔的少女，而春水就是她會說話的眼睛，「吹皺一池春水」，簡直就是她莞爾一笑，粉頰所展示出來的紋理呢！

村姑溪邊浣衣，清溪中映照出雲鬢花顏，皓腕凝雪；漁夫春江垂釣，曉霧迷濛中，已然身在畫中；情侶依偎湖畔，喁喁情話與水面波紋的絮語已經合二為一；忽然一隻鳥兒掠過水面，寧謐中頓時又興起了些許漣漪；「坐石清溪水，欣然濯我纓」，充滿著豪情壯概，而「溪水清見底，照我白髮生」，就不免使人感慨而警惕了。

鳥語聲喧

在鳥聲中醒來，是現代人最大的幸福，尤其是在春天的早晨。當東方天際剛出現一抹魚肚白色的曙光，鳥兒們便開始了牠們的晨間活動，飛過園林，竚足簷上，此起彼落的奏起一首春晨交響曲，自晨至午，從早到晚，直待暮靄四合方始收歇。

黃鸝鳥的歌聲婉轉，布穀鳥的音韻低沉，一群群的小麻雀，像是眾多的小頑童，吱吱喳喳的呼嘯來去；林中的畫眉，鼓起舌簧，空中的雲雀，凌雲御風，鳥語聲喧，給春天的山川田野處處洋溢著靈動的氣韻，真不敢想像如果沒有了鳥聲，春天必將黯然失色。

鳥兒們穿著五彩繽紛的羽衣，以矯捷的身軀，在繁花叢樹間，上下飛舞，舞姿之曼妙、柔美，使人類的舞蹈何曾及其萬一；而鳥兒們音域之寬廣，音色之動人，特別是持續時段的久長，又使任何名曲，相形之下，也自覺寒傖不已。人類世界的藝術創造，原本就是得自大自然的靈感，舞蹈與音樂尤其與鳥兒們飛翔、跳躍以及振翅高歌，有著密不可分的關係。

綿綿春雨

春天是一個美艷的女郎，穿著綠意盎然的衫裙，綻放姹紅的笑靨，又會沒頭沒腦的嚶嚶啜泣，春雨綿綿就是她晶瑩的淚珠。

原本是風和日麗的好天氣，一霎時天空雲靄四合，似乎並沒有下雨的徵兆，卻飄飄搖搖的落下牛毛似的雨絲來了。潤濕了花叢、草地、田園、曲徑，也限制了人們賞花遊春的行蹤；待至淅淅瀝瀝，甚至叮叮咚咚，便只有窩在屋子裡，欣賞玻璃窗外的雨中春光了。

落落停停，停停落落，一忽兒天空亮麗了一些，雨停了，大地明潔，清新宜人；一忽兒天空又暗淡下來，霏霏細雨又開始在簷前掛上了迷濛的珠簾，下不完的綿綿春雨，使人混身感到濕答答的，已記不起它從何時落起，又究竟要下到何時為止，只有莫可奈何的感嘆「一春花事雨中殘」了。

處處春耕

細雨灑芳田，土鬆泥復軟，農夫們執鋤掌犁，在料峭的春寒裡，忙著辛勤的深耕細耘，播下希望的種籽。

田塍上有猶帶寒意的微風吹過，在田間工作的人已經是汗流浹背了；眼看將近晌午，遠處雜花盛開的阡陌上，農家少婦提著茶飯竹籃，牽著花蝴蝶似的小女兒，一路彳亍而來，好一幅甜蜜的春耕景象啊！

蹲坐在田埂上，狼吞虎嚥的享受著妻子送來的午餐，抽一支香煙，橫躺在草地上稍事休息，又開始了吃力的田間工作；農家少婦也蒙上花巾，加入丈夫的陣營；孩子們還意識不到耕作的辛苦，嘻嘻哈哈找上了臨近的孩子們，像模像樣的也在樹蔭下，學著大人們種瓜種豆呢！

無視於核子戰爭威脅，也感覺不到環境污染，農人得天獨厚的呼吸著清新的空氣，徜徉在恬靜的原野上，沒有恩恩怨怨，沒有非分的奢望，自由自在，樂天安命，他（她）們才是最幸福的人啊！

廟會風光

昔日的農村裡，新春季節，淑氣迎人，四鄉八鎮連番舉辦迎神廟會，名義上是酬謝神明的庇祐，實際則是一種春季的康樂休閒活動，更重要的是藉著熱鬧的廟會，進行一連串的經濟交易。

在一種不成文的規定，但卻信守不渝的日程安排下，各地廟會依次排列，每一處為期三天的時間裡，野臺戲鑼鼓喧天，聲嘶力竭，帶動了活絡熱鬧的氣氛；由各處聚集而來的攤販，擺出各種貨品，有吃的、玩的、穿的、用的，其中尤多各種各樣的農耕用具，甚至不遠處牛、馬、豬、羊也在進行著熱絡的交易呢！

男男女女，扶老攜幼，穿紅著綠，一個個興致勃勃的從四面八方蜂湧而來，拜神、看戲、購物、閒逛，一時之間，人頭鑽動，親友們見面熱情的打著招呼，孩子們吹起新買的喇叭，加上攤販們的吆喝聲，構成一幅有聲有色的廟會風光。

國色天香

牡丹花華貴大方，富麗堂皇，花呈複瓣而碩大無比，顏色豐富鮮艷，一派大家閨秀氣象，向有國色天香之譽。國人喜愛牡丹由來已久，培植蓄養，不遺餘力，多數人家的廳堂，皆有大幅牡丹花圖懸掛壁間，以象徵榮華富貴的景象，歷久不衰，至今尤盛。

草本者為芍藥，木本者為牡丹。芍藥春生紅芽，莖高兩三尺，花色有紅、白、紫數種；牡丹又名木芍藥，莖高三四尺，葉闊花碩，顏色更加耀人眼目。故鄉中原一帶，牡丹最為繁茂，據說唐代武則天偏愛此花，宮苑之內大量栽種，因為率群臣遊幸花苑中，百花迎輦俱開，惟獨牡丹猶在含苞，一怒之下遂命人盡除牡丹，棄於宮牆之外，百姓人家撿來種植，三春佳日，處處盛開，乃有「洛陽牡丹甲天下」之譽。

其他地區牡丹花大多養尊處優，備受主人呵護與愛憐，惟獨中原一帶，大約是氣候與土質均適宜此花生長，因而籬角溪畔隨處可見，它的芳姿麗質光艷照人，為古老樸拙的風物，憑添了幾許穠艷的氣息。

紙鳶滿天

驚蟄後，和風動土，大地解凍，元宵花燈之後，原野草色青青，兒童們蹦蹦跳跳的擴大了玩樂的幅度與層面，形形色色的紙鳶，拖著長長的引線，飄盪於藍天白雲之間，一瞬間蔚為奇觀。

紙鳶俗稱風箏，藉著風勢，飛上天空，為了減輕其重量以便乘風飛舞，多以竹篾為骨，彩紙糊面，再綴以絨線尾巴以保持平衡，逆風放出拖線，紙鳶便能緩緩上升。於是紙鳶滿天，如飛鳥、似游龍、狀如仙人淩雲御風，形似怪獸來往奔競；人們各出心裁，製作成種類繁多的圖案及形狀，甚至可以綴上響鈴和哨笛，在空中發出美妙的聲音；有些還配以巧妙的定時裝置，在雲間表演天女散花以及燃放爆竹的特技，晚近紙鳶製作益見精緻美觀，但是紙鳶的特技表演卻難得一見了。

踏青時節

昔時稱為「踏青」，今日叫做「春日郊遊」或「戶外活動」。

從二月二日開始，一直到清明時節，都是尋春踏青的好日子，草長鶯飛，花開蝶舞，和風麗日，柳綠桃紅，邀約二三知己，或者攜帶全家老小，興高采烈的外出郊遊，往往就繁花之間，芳樹之下，蓆地而坐，分食糕餅糖果，間或飲酒作樂，笑語頻傳，四野如市，直到夕陽啣山，方始興盡而歸。

「春日遊，杏花飛滿頭」；「向郊原踏青，恣歌攜手，醉醺醺尚尋芳酒」；「巷陌笑聲不斷，襟袖餘香仍在」；「鬢邊插野花，轎頂綴新柳」；都是形容踏青郊遊的旖旎風光；乘興而出，披滿一身花香而歸，三春佳日是最適宜親近大自然的季節。而最有意義的踏青活動，要算是清明掃墓了，全家或全族男女老小俱至先人墓地，除野草、添新土、燒冥鏹、上供品、放爆竹，之後隨柳旁花舉行野餐，祭畢人人採擷一枝嫩柳或花枝而歸，斜插門楣之上，兼可驅邪避魔呢！

三春雨露，滋潤出綠草如茵，百花怒放；和風輕吹，拂掠著嫩柳如絲，帶來了泥土的清香；山色明媚，水波蕩漾，陽光和煦，到處是一片欣欣向榮景象。芳菲處處，春深如海，翠綠嫣紅，觸目怡情，人們臉上堆滿了爽朗的笑容，一掃嚴冬的悒鬱與陰霾。「一片新綠」、「繁花如錦」、「波光瀲灩」、「鳥語聲喧」、「綿綿春雨」、「處處春耕」、「廟會風光」、「國色天香」、「紙鷂滿天」、「踏青時節」，已經狀寫出春天的跫音，描摹出春天的形貌，惟獨天涯遊子，值此春暖花開之時，益增懷舊之情，尤其是眼看清明掃墓的人群絡繹於山徑之上，不禁使人為之泫然。

夏日十章

顧長康詩云：「春水滿四澤，夏雲多奇峰，秋月揚清輝，冬嶺秀孤松。」以春水、夏雲、秋月、冬松，來點出四季的特色。

張大千論四季山水煙嵐各有不同時說：「春山淡冶而如笑，夏山蒼翠而如滴，秋山明淨而如粧，冬山慘淡而如睡。」可以作為畫家描摹景物之寶鑑。

春生、夏長、秋收、冬藏，一年四季各自扮演著不同的角色；百花競豔，蓬勃滋長，結實收成，閉戶納福，就成為農業社會週而復始的生活寫照。

一年四季，各擅其勝，夏日景象尤其多彩多姿，試以「夏日十章」，略加繪染如後。

滿眼繁綠

山林、原野、城鎮、村落，一眼望去，到處都是一片濃鬱的翠綠；小橋、曲徑、籬落甚至屋舍，也都被一層層、一簇簇的枝葉與藤蔓所覆蓋，滿眼繁綠，帶來了夏日醉人的訊息。

彷彿像是一幅碩大無比的「潑彩」圖畫，造物主慎重其事的先藉「梅雨」，一遍又一遍的將大地的畫紙予以浸潤，然後調拌出一大缽子石靛，瘋狂的加以潑灑，於是一幅濃淡有致的神奇畫面，出現在宇宙之間了。

枝葉濃密，遮住了炎夏驕陽；透過蔭隙的薰風，竟然挾帶了幾許涼意；結實纍纍枝椏間，飽孕著收穫的希望；啁啾鳴唱的鳥兒們，穿梭在簷前樹上。蓬勃的生機，熾烈的季節，構成一個璀璨的世界。

弄潮去也

為了領略那「驚濤拍岸，捲起千堆雪」的震撼感受，不惜冒著溽暑炙人的氣候趕往海濱。海風在林梢絮語，海鷗在蒼穹飛掠；金光閃鑠的粼粼水光，從腳下一直延伸到遙遠的天邊；風帆點點，飄飄搖搖的航向白雲的懷抱，一顆心幻化出兩隻矯健的槳，隨著海浪的起伏，划入海底王國，探視水晶世界的奧祕。

使人微醺的空氣裡，帶給人們一種跳躍和奔放的情致；大海像是溫柔慈祥的母親，播送出濃郁潤膩的乳香，以連綿不斷的浪花，構成豐腴柔軟的臂膀，逗弄著她的兒女們，盡情的享受著她的溫馨與浩渺。

潮去潮來，在一望無垠的沙灘上，留下夢幻般的圖案；夕陽啣山，夜幕低垂，一切又回復到亙古不變的寧謐。

午後雷雨

火傘高張，如蒸似烤，午間一聲悶雷，霎時間烏雲四合，涼風透窗，隨後而至的是庭樹搖撼，烏鵲飛掠而過，嘩嘩啦啦的雨點，跌落在大地上，遠近景色一片迷濛，好一幅「盛夏驟雨圖」啊！

先是滴滴答答、叮叮噹噹的風雨交響曲；既而大雨滂沱，傾盆而下，猶如萬馬奔騰聲勢豪雄，酷似大軍鏖戰，金鼓齊鳴；使人驚慴於宇宙萬象的神奇，屏息靜氣，瑟縮於雷電交加的狂風暴雨之中。

雨過天青，涼爽如秋，一道絢爛的彩虹，在蔚藍的天空上，架起一座壯觀的拱橋，散發出誘人的光影，也給人們撒下許多繽紛的幻想。

雨後的大地，晶瑩濕潤，綠意更濃，樹葉被雨水沖刷得一塵不染，草地受到水氣的滋潤，像極了剛織成的柔軟毛毯；偶然遺落在窗外的一粒種籽，竟然萌生了一片鮮嫩的芽葉呢！

蟬聲盈耳

千隻萬隻的蟬兒，隱身在高樹枝上，扯開嗓門吱吱的鳴聲，響徹雲霄，把夏天吵得熱烘烘的。

祇聞其聲，不見其形，有人說牠是在訴說不平，有人說牠是在歌頌夏天，其實牠無休無止鳴叫，祇是為了吸引異性的注意罷了。雄蟬據枝高鳴，雌蟬則啞然無聲，前者經過了久蟄的寂寞，在炎陽炙乾了牠的膜翼時，便一首又一首的譜成婉轉的戀歌；後者為雄壯的歌聲所陶醉，心移神馳之間，悄悄的捱近牠的身邊，一幕輕憐密愛的故事，就在枝頭發生了。

孩童們打著赤腳，穿著短褲，擎著長長的竹竿，尾端綁上馬尾套線或塗上黏蠅膠，無聲無息的伸向牠們，有時逮個正著，有時卻吱的一聲飛向另一枝頭。「莫在高枝縱繁響，也應回首顧螳螂」，蟬兒們似乎從來不曾想到過啊！

荔枝熟透

荔枝是果品中的貴族，外殼紅艷欲滴，一副嬌嬈華麗的模樣，內層淡粉色的薄膜，包裹著晶瑩如玉的果肉，簡直就像是粉裝玉琢的美人兒披上一襲蟬翼似的輕紗呢！

味甘汁多，爽嫩可口，在眾多的水果之中，惟有荔枝獨擅色、香、味三絕的口碑。詩、詞、歌、賦中，吟咏荔枝的詞句不勝枚舉，咸謂：「其於果品，卓然第一。」

荔枝原產交趾，漢初萬里迢迢進貢至長安，朝中大臣有幸分嚐，群譽為仙果。楊貴妃特嗜此物，「一騎紅塵妃子笑，無人知是荔枝來」，驛馬輪番飛馳，才能把新鮮的荔枝運達長安。蘇東坡形容荔枝為天生尤物，「日啖荔枝三百顆，但願常作嶺南人」，遂使他樂在其中，而渾然忘卻謫居之苦矣。

荔枝又名「離枝」，若離本枝，一日而色變，二日而香變，三日而味變，四五日外，則色香味俱去矣！夏天浮梨沉瓜，自可大飽口腹之欲，但是品嚐荔枝，卻能給人帶來一份詩情畫意的感受。

荷塘清趣

江浙民歌：「正月梅花香又香，二月蘭花盆裡裝，三月桃花紅十里，四月薔薇靠短牆，五月榴花紅似火，六月荷花滿池塘，七月梔子頭上戴，八月丹桂枝枝黃，九月菊花初開放，十月芙蓉正上粧，十一月水仙供上案，十二月臘梅雪裡香。」其中春蘭、夏荷、秋菊、冬梅，最能代表四季不同的景色。

盛夏荷花盛開，一朵朵紅色、白色的花朵，在翠綠的圓葉襯托下，綻放出醉人的笑靨。出於污泥而不染纖穢，嬌艷嫵媚展現出動人的風采，一塘紅裳翠蓋，有含苞未放的蓓蕾，有盛開而楚楚可人的繁花如錦，更有搖曳生姿的青色蓮蓬，打從荷塘邊上經過，微風過處，陣陣清香撲鼻而來，令人頓感心身暢爽，渾然忘我。

曉霧朦朧中，荷塘四周已經有人在欣賞帶著露珠兒的荷花美景了；月光下的荷塘，更有一番清幽絕俗的雅趣，難怪有人坐對荷花，直到漏盡更殘呢！

蛙鳴處處

夏夜的星空下，田畦、池塘、草徑、林間，到處傳來嘹亮的蛙鳴，那一波接一波嘓嘓嘓的聲響，把仲夏之夜點綴得熱鬧非凡。

有月光的夜晚，總有太多的夢幻，在蛙鳴聲中，月色似乎顯得格外的神祕和清麗。像是成千上萬的歌手，此起彼落的進行一場永無休止的演唱會；如怨如慕，如泣如訴，千篇一律的韻調，有人為它心神不寧，徹夜難眠，有人卻視同是熟悉的催眠曲，渾然不覺，恬然入夢。

每當現代文明所製造出來的噪音，吵得人震耳欲聾時，常常會懷念起鄉居蛙鳴的記憶。山湄水涯的清靜生活環境，已經愈來愈成為現代人的奢望了；無可奈何，只有把人聲車聲，幻想成天籟與蛙鳴了。

鳳凰花開

在艷麗的陽光下，鳳凰花如火如荼的在繁茂的枝葉上燃燒開來，就好像是一把巨大的火傘，威風八面的撐開在大地之上。

藍天白雲，烘出滿樹紅霞，鳥蝶翔舞，踩踏成遍地落英。枝葉婆娑起舞，猶如鳳凰之展翅；朵朵紅花凝視著晴空，不時接受著薰風的撫慰與人們的讚嘆。

蓊蓊鬱鬱的纖柔葉椏中，爆出一團團火紅的花蕊來，遠看是一堆熊熊的火光，仔細端詳，每一朵花都有模有樣，五瓣分明，中間冒出長長的花蕊，像極了蝴蝶蘭呢！但是蝴蝶蘭那有鳳凰花那種磅礡的氣勢啊！

鳳凰花雖然沒頭沒腦的濫開一片，由於花朵配以綠葉，而且傲然獨立，紅綠相映，可謂艷而不俗，正好與北方的榴花紅似火互相媲美了。

蚊擾清夢

夏夜涼風習習，正是人們進入夢鄉的好時光，卻被嗡嗡然的蚊蚋，打擾得睡意全消。

造物主為人類預備了許多美好的東西，卻不該創造出像蚊蚋這樣的小傢伙來擾人清夢。儘管裝上了紗窗，掛好了蚊帳，冷不防仍然會有一隻不速之客，乘機蹈隙溜了進來，牠那目中無人，橫衝直撞的囂張勁兒，令人為之怒髮衝冠，血脈賁脹，而又為之無可奈何。

十足的逐臭之夫，標準的陰險小人，蚊蚋專門朝陰暗污穢的角落裡隱身，不敢明目張膽的爭長論短，卻在黑暗的夜晚，趁人不備之際進行無情的偷襲。原本是纖弱的身軀，竟敢在太歲頭上動土，專門找萬物之靈的人類叮咬，結果一巴掌下來，小命就完了。

「一蚊便擾人終夕，宵小由來不在多」，人類文明突飛猛晉，幾千年來始終讓蚊蚋一代又一代的吸吮著人血，豈不令人氣結。

螢火明滅

夏天，白晝的靈魂，全在一片綠意，而夜晚的焦點，則繫於一閃一閃、忽明忽滅的螢火蟲了；那些狀似小幻燈、小妖燭及小魔星的小昆蟲，製造出仲夏夜晚的寧謐浪漫氣氛，因此有人曾說：「夏夜看不到螢火蟲，還能過日子嗎？」

螢火蟲尾部含有磷粉的發光器，藉氧化作用而發出淡藍色的微弱光芒，古人有囊螢映雪來作為照明的工具的讀書故事，也有螢光大會，滿苑光芒點點，蔚為奇觀。

兒時以團扇撝撲流螢，貯入玻璃瓶中，一明一滅，閃爍不定，給燠熱的夏夜，憑添了幾許情趣。晚近科學昌明，人煙稠密，各種殺蟲藥劑紛紛出籠，不惟蟄居鬧市的人，無緣得睹螢火蟲的美妙光影，即使在鄉間，也難覓芳蹤，回憶兒時捕螢樂事，不禁令人悵然！

以上以「滿眼繁綠」、「弄潮去也」、「午後雷雨」、「蟬聲盈耳」、「荔枝熟透」、「荷塘清趣」、「蛙鳴處處」、「鳳凰花開」、「蚊擾清夢」與「螢火明滅」十章，來描繪夏日的景象與情懷，使人意識到夏日是一個蓬勃成長的季節，更是一個火辣辣的戰鬥時光。

秋之組曲

幾場斜風細雨，捲走了夏日的一季繁華，秋光、秋色、秋情、秋韻一骨腦兒的逼人而來，構成一幅璀璨鮮麗的畫面，譜成一曲幽雅佻巧的樂章。

昨宵，庭樹簌簌作響，蟋蟀徹夜漫吟淺唱；晨起，捲起簾櫳，涼風迎面吹來，頓覺沁涼宜人。天空蔚藍，林木如洗，遠山凝碧，似乎比往日挪近了許多，窗櫺之外彷彿觸手可及；遠遠近近呈現出一片清雅和寧謐，萬事萬物都像是隔夜宿醉未醒，一齊沉醉在恬適而絢爛的大自然懷抱之中。

多彩多姿的秋景是造物主擎著巨大的彩筆，繪製出來的偉大傑作，隨處教人心醉神馳，悅目開懷；幽雅絕倫的秋聲，響徹林梢，迴蕩原野，更予人以清脆空靈與壯麗纖柔的感覺。秋天是屬於「圖畫」的秋節，也是屬於「音樂」的秋節。

一團團、一簇簇嫣紅的楓葉，點染在山麓、江畔、邨落與古剎間，就像是三春的花朵，為人們裝點出錦繡的排場，祇是不必經由人工的呵護與修剪，便能蓬蓬勃勃的展現出誘人的色調與狀貌，更能以大地為園圃，跳脫出籬落與盆栽的侷限。

楓紅層層

楓林醉紅，氣象萬千，滿山紅葉，真像是西天的彩霞；春天的桃花盛開景象，差堪與之比擬，然而楓紅層層的磅礴陣勢，尤其漫步林中，踏在千片萬片紅葉鋪成的地毯上，諦聽著腳下沙沙的聲響，那種美妙的感受，則是柔媚的桃花瓣兒所望塵莫及的啊！

一片楓葉從枝頭飄落，叩響了詩人的靈感，也驚醒了多情人兒的夢境，像是警世的木鐸，訴說著天道好還的故事；小心翼翼的撿起一片楓葉，把玩摩挲之餘，據說夾進書冊裡，能夠保存一個世紀，仍然不失原有的色澤呢！

蘆花白頭

平常那得許多閒工夫，去留意溪邊澤畔那漠漠一片而毫不起眼的蘆葦呢！然而經過秋風的拂撫，彷彿就在一夜之間，便一個個的披上輕盈的頭紗，像是聖潔的修女似的，臨風搖曳，婀娜生姿，無言的向大地報導著秋天的訊息。

從樓頭憑欄遠眺，一大片、一大片的蘆花沐浴在橙黃色的暖陽中，隨風舞動嬌軀，牧童穿梭，村婦走過，歸鳥低掠，構成一幅幅充滿詩情畫意的景象。夜晚皎潔的月光下，白茫茫的蘆花陣，更活像是一片積雪呢！

孩子們喜愛嬉戲在柔軟如棉的蘆花叢裡，截下一段蘆管，捏掐出幾個小洞，湊在嘴上，小手指胡亂的按捺住蘆管上的洞眼，就能吹出嗚嗚啦啦的聲音，這便是昔日童稚時期玩弄的「蘆笛」了。「不知何處吹蘆管，一夜征人盡望鄉」，想起故鄉煙水蒼茫的江畔，與童伴們追逐於蘆花陣中，捉迷藏、吹蘆笛的情景，不禁令人悠然神往。

藍天巧雲

入秋以後，天高氣爽，白雲悠悠，在無垠的藍色幻景中，鋪排出千奇百怪的形狀，有時像一堆棉絮，有時像一幅山水畫圖，有時則像是鳥獸蟲魚，有時更像是一場金戈齊鳴、萬馬奔騰的戰陣。

有人說：「富貴於我如浮雲。」因而曲肱當枕，安貧樂道。有人說：「將白雲裁成一方方小手帕，送給傷心的人兒擦眼淚吧！」仁民愛物的情懷，躍然於字裡行間。有人又說：「揮一揮衣袖，不帶走一片雲彩。」多麼瀟灑，多麼豪氣，人生原本就是如此，任你挖空心思，使盡智巧，究竟又能真正的抓得住什麼呢？

秋天的雲彩，纖巧而輝煌，不祇是可以盡情的觀賞，而且更可以去諦聽雲間的天籟，閱讀它奇幻萬狀所表達的涵意。風月本無主人，得閒便能加以主宰，藍天巧雲更是如此，以穹蒼為舞臺，扮演著各種奇幻的景象，傾訴著亙古的故事，描繪著崇高的理想，如果沒有觀眾、沒有聽眾而又沒有讀者，豈不大煞風景。

桂子飄香

「桂子月中落，天香雲外飄」，在秋月皎潔的夜裡，涼風透窗，送來清新的桂花香味，絲絲縷縷，沁人心脾。

就像是蘭花一樣，憑恃醉人的芳香，贏得由衷的歌頌與讚羨，懶得與三春的花朵爭奇鬥妍，卻在萬木搖落的蕭瑟季節裡，一串串像小米般的花蕾綴滿枝頭，活像是羞澀的小家碧玉，樸實無華，藉著微風的吹拂，飄送著氤氳的香息，無我無私的撫慰著馬背上的旅人與深閨中的思婦。

桂樹種類繁多，丹桂最為名貴，樹皮可以入藥，桂子可以食用，狀似顆粒的花蕾採擷下來晒乾醃藏起來，製作點心或調理餚饌時，撒上幾粒，摻上些許，頓時便有一種奇特的香味四處飄散，令人垂涎欲滴。

相傳月中有桂樹一株，高五百丈，因稱月亮為「桂魄」，月明之夜，桂花的清香可以傳送千里，的確令人嘖嘖稱奇。

菊黃蟹肥

每當籬菊盛開的時候，也正是毛蟹最肥的季節，食蟹品酒，賞菊賦詩，直到明月東昇，該是人間一大樂事了吧！

菊花在宋代以前僅有四十一種，花形不同，花色則多為黃、白兩色，大多盛開於深秋露重風冷的季節，孤高俊逸的氣韻，贏得高人雅士豐沛的愛憐情與。宋代以後品種大幅增加，花色除了黃、白以外，還有紅、青、藍、紫諸色，開放的季節也不侷限在秋天，然而仍以深秋盛開的黃色菊花為正宗。

霜降以後，水面寒氣較重，蟹類紛紛鑽入水底蟄伏，飽食不動，體碩肉肥，尤以母蟹正值產卵期，卵子成膏狀，把肚子脹得鼓鼓的，烹之味道鮮美，佐酒尤佳。「香甑炊菰白，醇醪點蟹黃」是陸放翁的舟中樂事；而「酒未滌腥還用菊，性防積冷定須薑」則是施耐庵食蟹的祕方；從而可知肥蟹與菊花美酒，還有實質上不可分割的關係呢！

月明星稀

秋月皎潔，灑滿一地銀輝，湛藍的天幕上，裝點著疎疎落落的明星；夜涼如水，四野幽寂，往事如煙似霧，一幕幕的從眼前滑過，整個的人與心，都沉浸在一片悠然的清澈淨明氣氛之中。

披著柔美的月色，彳亍於堦下花前，大地似乎都已沉睡，仰望皓魄當空，想起童年躺在祖母的懷裡，一知半解的諦聽著「月宮嫦娥」與「吳剛伐桂」的神話，啊！一顆流星劃過寂靜的夜空，趕快許個願吧！願生命美好、願生活充實、願一切如意，太多的憧憬與夢幻，都一齊在月明星稀的秋夜湧上心頭。

人生幾經月當頭，星兒何處是故鄉。生命無常，俗事擾人，錯過了許多欣賞美妙月色的良夜；星兒眨著眼睛，興致勃勃的一個勁兒的在與世人逗樂，忽然它倦了、累了，快速的從伙伴中間隱去，它的故鄉究竟在那裡呢？

收穫季節

秋天是金黃色的收穫季節，豐滿的、愉悅的、感恩的心情，洋溢在每個人的心頭與臉上。

黃澄澄的稻穗，抱在農家少女雪白粉嫩的臂彎裡；遍地昂首挺胸的高粱和玉米，迎風舞擺誇耀著它們豐碩的成果；黃荳的金色顆粒，車載斗量的囤滿了倉庫；一望無際的棉花田裡，粉團似的花絮正等待採摘；棗子紅滿枝頭，胡桃掉滿一地，水梨壓彎了枝幹，石榴裂開了嘴巴，柿子更是滿坑滿谷，像是霓虹燈泡似的掛滿了一樹又一樹。

池沼湖塘波平如鏡，魚肥蝦鮮，夕陽西下時撒下一網便能滿載而歸。菱角赭紅，蓮藕雪艷，一籮籮、一筐筐的都成為農家的嬌客。待至一切料理停當，還可趁著秋林蕭疏，前往高山深林中狩獵，保證可以大有收穫！孩子們在秋天的樂子正多，三五成群躲在土堤下燒毛豆、烤蕃薯、燜花生，弄得灰土滿臉；再不就是成群結隊到山坡上去打山楂、摘酸棗，山林默默無言，滿足了小小心靈的貪婪。

雁陣橫空

鴻雁是一種群居的候鳥，畏寒趨暖，恆常於春夏之交，成群結隊的由南方飛向塞北；每當新涼初透時又成群結隊的由塞北飛向江南，以其雄健的翅膀，比翼奮飛，日夜兼程，整整齊齊的排列成「一」字或「人」字隊形，掠過秋水長空，構成一幅壯麗的「征鴻圖」。

鴻雁一聲，邊城已秋，北國聽到長空雁鳴，已涼天氣未寒時的季候已悄然而至。「落葉聞歸雁，秋風江帆斜」，鴻雁聲聲嘎鳴，飽孕著秋意蕭瑟的氣韻；鴻雁南飛，至湖南衡陽而止，當地有迴雁峰，亦因此而得名。

燕子也是一種秋去春來的候鳥，牠們慣常於大戶人家坐北朝南的屋簷下累泥築窩，生兒育女，忙碌了一個夏天，待至秋風起時，牠們便攜兒帶女，餐風露宿，迢迢千里飛向南方，等到春暖花開的時候，牠們又會翩然而來，春來秋去彷彿就成為牠們生命中永恆的軌跡。

冷雨敲窗

原本是天高氣爽，好風掀袂的好時光，霎那間白雲悠悠，遮掩了遠山，牛毛似的細雨飄忽而至。「清秋簾幙千家雨，落日樓臺一笛風」，狀寫出江南秋色的淒艷與寂寞；而「秋雨濕槐花，涼風吹鬢絲」，則抒發出北國秋景的蕭索和冷清。聲聲砧杵在斜風細雨中，使人益發亂愁如絲，忖量著梧桐的黃葉、殘荷的枝蓬，是否經得起風雨的摧折！

秋雨迷濛中，牧童趕著牛羊，披簑衣、戴竹笠，呼嘯來去，趾高氣揚，意興風發，簡直就是叱咤風雲的人物啊！山下的行人卻撐著雨傘，瑟瑟縮縮的匆忙趕路，嘴裡唧唧噥噥的抱怨著那風啊！那雨啊！怎麼三天五天沒個晴！

一場秋雨一場寒，「雨」染濃了秋色的絢爛，「雨」織成了秋涼的帷幕。風聲蕭蕭，雨聲淅瀝，窗外芭蕉作了它們忠實的使者，傳達著令人懷思的訊息。

鄉愁幾許

「鄉愁」其實就是童年經驗的延長，幼稚往事的懷念。秋天和煦的陽光，輕柔的撫慰著人們的心靈，沁涼的西風，親密的擁吻著人們的面頰，心間神馳之際，最易興起歲月不居、年華易逝的感喟。

「惆悵舊歡如夢，覺來無處追尋」，多少個日子，在明媚春光中虛擲，多少串往事，卻在秋意蕭瑟中留下了深刻的烙痕。人們對那逝去的一切，往往有著太多的悔恨與眷戀，友情如斯，親情如斯，理想與憧憬亦復如斯，豈止是童年的經驗與幼稚的往事。

飛絮般的白雲悠悠飄過，片片黃葉隨風飛舞，蟲聲唧唧訴說著涼夜的淒清，大地如錦鋪陳出蒼茫的畫圖，望斷天涯路，只落得懷思泉湧。

「楓紅層層」、「蘆花白頭」、「藍天巧雲」、「桂子飄香」、「菊黃蟹肥」、「月明星稀」、「收穫季節」、「雁陣橫空」、「冷雨敲窗」、「鄉愁幾許」，繪染出一幅秋色似錦的圖畫，也譜成了一首秋聲誘人的樂章。予人以清趣，動人以幽興，惹人遐思，引人懷想，它是一個屬於沉思與懷念的時光，也是一個充滿詩情畫意的季節。

冬季絮語

躍過短暫的秋高氣爽天氣，冬之神像是一隊黑甲騎士，風馳電掣般的突然從遙遠的北方衝刺而來。

剎那之間，長空灰暗，霪雨綿綿，木葉飄零，寒風呼嘯。清晨推窗外望，屋瓦上出現了薄薄的霜痕，空氣中飄散著凜冽的寒意；人們外出時，不禁拉起衣領，加快了步履，匆匆來去，伴隨著呼吸時浮動在周遭的白濛濛的水蒸氣，形成了一幅冷清的畫面。

落葉滿徑，寒林寂然，籬笆上的牽牛花，只剩下曲折蜿蜒的褐色柔藤，幾株楊柳抖落了滿身青翠，像是巨大的掃帚，隨風拂拭著朦朧的大地。冬天彷彿就是一個侵略者，鐵蹄過處，萬木凋零；又像是一個流浪漢，無情的逗弄著花兒、鳥兒，就連皎潔的月姐姐，也不勝戲謔，披著輕紗，踩著碎步，躲到厚厚的雲層帷幕之中了。

從另外一個角度來看，冬天的肅殺、落寞、單調、震撼，何嘗不是威嚴、沉靜、純潔與自我蓄養的時光呢？假如你能細細品味冬天的滋味，天地萬物皆進入休眠狀態，大地一片寧謐，惟有自己獨擁靈明清冷的世界，才是真正的萬物之靈、天地的主宰，好整以暇的等待著春暖花開，計畫著再有一番嶄新的開始與作為。

朔風凜冽

朔風怒吼，排山倒海而來，吹過園林，落葉在階前低泣，掠過屋角，門窗在瑟縮中軋軋作響。盈耳的吶喊與嘶吼，猶如萬馬奔騰，群兒嬉戲，熱鬧的廟會，以及掀天揭地的魅魑，凌厲的肆無忌憚，似乎要把宇宙間的一切摧折淨盡。

從凌晨到正午，自黃昏至深夜，時而淒厲，時而低沉，奏起嗚咽的短笛，吹著高亢的嗩吶，穿過萬山千水，走過漠野平疇，不知從何處來，也不知要到何處去。踏著沉重的步子，在天際運轉，在林梢跳躍，在籬落間嘆息，在枝椏上舞蹈。時而憤怒的叱責，時而詭譎的狂笑，時而細細碎碎的低語，時而又淒淒切切的哀號，人們咀咒冬天的風，但又無可奈何的屈服在它的淫威之下。

其實儘管它挾帶著磅礴的氣勢、鋒利的刀劍，只要我們抖擻精神，勇敢的挺直腰桿，它的威力原來不過如此而已；君不見朔風之中松柏依然挺拔俊秀，凜冽之中青苔仍舊翠綠嗎？

朔風縱然威嚴，又焉能奈何！

白雪皚皚

雪花是天使吹弄出來的肥皂泡兒，在黑沉沉的天空裡飄飄搖搖，鋪灑在大地上；好似一床巨大無比的純白羊毛地氈，覆蓋著山川河流、城鎮農舍、田畦叢樹，一眼望去，遠遠近近都變成了粉粧玉琢的白色世界。

漫天飛絮，臨空撒鹽，謝道蘊兄妹形容飄雪的情景，何如兒童們天真無邪的拍著紅通通的小手，唱著：「雪花飛，雪花飛，雪花飛上樹，樹上穿白衣；小貓跳上床，小狗雪地跑，大家都來堆雪人，大家都來打雪仗。」落雪的天氣，限制了成年人的行動，卻阻止不了活力旺盛的孩子們，在雪地上追逐嬉戲。

一望無垠的雪地上，展現出聖潔澄明的美態，人世間的一切醜惡與污穢都消失得無影無蹤，於是天地悠悠，惟我獨在，頓時神清氣爽，俗慮盡消；總想從心底深處掬誠讚謳這纖塵不染的潔白世界，朦朧的夢境，但是似乎一切都是無病呻吟，一切都像是多餘而褻瀆了它的純潔與神聖。

遙望遠處山頂積雪，隔著玻璃窗呵上幾口熱氣，瞇起眼睛外望，就好像又置身在北國的雪地裡，幾許鄉思又快速的湧上心頭，淚眼模糊中，童年往事反而更加鮮明的呈現在面前，揮之不去，令人唏噓不已。

梅香處處

天寒地凍，萬里冰封的季節，惟獨梅花，冒霜凌雪，疏影橫斜，精神昂揚，挺立於野渡荒堵、山湄水涯、幽壑深澗、古剎斷垣之間；喧妍於村郊壩上、園角陌頭、檻外簾前與竹籬茅舍附近，朵朵寒蕊，綴滿枝頭，為大地灑下點點粉脂，為宇宙增添幾分嫵媚。

梅花種類繁多，常見者有「白梅」，花白如雪，盛開時一片香雪海；「紅梅」則嬌紅點點，彩霞滿枝；「綠萼梅」玲瓏剔透，冷艷欲滴；「黃香梅」繁花如星，雕瓊綴珠，嫩黃滿樹。或與雪爭勝，或艷態可掬，或粧點出蓬勃的生機，或鋪排成璀璨的場面，反正在淒寒寂寞的冬季，梅花確已成為大地舞臺上活躍的主角了。

梅花孤傲堅貞，常為人用來譬喻忠臣義士的聖潔情懷，人們詠梅、畫梅、賞梅的熱中程度歷久不衰，我國更以梅花為國花，取其在艱彌厲、堅勁貞靜、不屈不撓、超塵拔俗、不畏困阨之特質，正足以代表中華民族之傳統性格與精神內涵也。

圍爐消寒

北方農家，隆冬季節是一年之中最悠閒的時光，窗外積雪盈階，簷前掛滿長串的冰條，一家老小圍坐在爐邊取暖，老人家瞇起眼睛，悠閒的吸著旱煙管，有一搭沒一搭的為兒孫們講述一些鄉野奇談；烤紅薯、炒栗子、剝花生、嚐臘味、喝老酒，編織成一幅其樂融融的圍爐消寒圖畫。畢竟小孩們活力較強，風停雪霽時，一個個趕忙一溜煙的跑到屋外，吆喝追逐，翻滾在雪地裡，根本無視於冰雪的寒冽。

夜靜更闌，爐火熊熊，檻外雪壓竹枝，時而有竹折雪墜的聲響，遠處有犬吠與雞啼，孩子們已經上炕入睡，正是大人們安靜的、滿足的，浸潤在幸福裡的時段；此時也，即使相對無言，好像彼此的心靈裡都感到無比的踏實，一任宇宙運轉，時間在一秒一分中流逝，此刻何嘗不就是永恆。

雖然現代化的取暖工具日新月異，但是往日的爐火，不管是燃燒煤炭的辛辣氣味，或點燃松枝的氤氳香息，仍然予人以幽雅溫馨的詩意感受，經久難忘，而且更加懷念那圍爐消寒的情景。

蕭索畫境

沒有滿眼繁綠，沒有萬紫千紅，沒有盎然的生機，也沒有收穫的喜悅；但是到處都充滿了蕭瑟的淒清、落寞的恬靜、疎淡的韻味與高潔的冷艷。

疏林如煙，寒鴉點點，炊煙嬝嬝，蒼空灰暗；大地寧謐，虫豸絕跡，落葉滿徑，行人寥落；禿枝橫斜隨風舞擺，黍稈麥稭堆滿場隅，枯藤乾蔓萎頓牆頭，大蒜辣椒掛滿廊前；雪覆冰封，大地一片銀白，山腳溪畔，有亭翼然；一片白茫茫、軟綿綿的雪地上，偶然有黃犬跑過，有鴿子踏過，留下稀疏有緻的足印；這些都是冬天的畫面，只消用淡墨與留白，便能表現得出神入化。

如果要為冬天的畫面點染幾筆翠綠與嫣紅，恐怕就只有仰賴耶誕紅了。成畦的麥田，在日出雪消之後，一行行狀如春韭，在冬陽下青葱鮮嫩，三三兩兩穿紅著綠的牧童，趕著羊群，悠然自得在麥田裡啃著麥苗，更為冬天的畫面上，平添了幾分動人的色調與情趣。

茅簷日暖

同樣是陽光，同樣的付出無我無私的熱情，春天受人謳歌，夏天惹人厭惡，秋天好像沒有什麼感覺，冬天卻受到人們熱烈的歡迎與喜愛。

雪霽了，風歇了，暖陽在天際綻露出和煦的笑靨。日出雪溶，空氣中益發冷洌逼人，「下雪不冷溶雪冷」，那是因為溶化了的雪水，吸收了大量的暖空氣的緣故，然而人們仍然毫不猶豫的捨棄了屋內的火爐，走向戶外來親近難得一見的冬天陽光，只要心頭有一絲暖意，也就滿足了冷寂的心情。

真正值得歌頌的是積雪溶化以後，寒風真正停歇，碧空如洗，暖陽高照，擺上一張躺椅，沏上一杯濃茶，在向陽的茅簷下，沐浴在暖洋洋的冬陽中，不想過去，也不憧憬將來，閉上眼睛，任憑時光從身旁流逝。此時也，心如止水不波，意似沾泥飛絮，不是欣喜也不是滿足，只覺得一股暖流迴蕩在全身，那種恬適的、舒暢的、無憂無慮的意緒，豈是居住高樓大廈，整天忙忙碌碌的人所能體會。

寒夜星光

不像是春宵的花香醉人，不像是夏夜的蛙聲盈耳，也不像是秋夕的冷雨敲窗，冬天的夜晚，寒意逼人，四周寂靜得連一根銹花針掉在地上，都能聽到它所發出的清脆聲音。沒有雲、沒有風的夜晚，滿天星斗像是粒粒碎冰撒在黑甸甸的夜空；月牙兒成了一隻溜冰鞋，冷冷清清滑行於深邃的天海之中。

一切生物在冬季都暫時停止了活動，虫豸進入冬眠狀態，蚊蚋也不再擾人清夢，人們也縮短了多彩多姿的夜生活，趁著天黑以前，趕回愛的窩巢，晚餐後享受著燈下的天倫之樂，或者播放一些優美的音樂，閱讀一些動人的文章，讓整個身心不再隨波逐流，不再漫無目標的四處追尋；乍看起來似乎失去了一些什麼，認真想想卻又撿拾了一些生命中的華彩，特別是在寒冷的冬夜。

寒夜客來，熱茶當酒，憑欄談心，古今中外，興衰滄桑，都隨著寒夜星光注滿杯中。

玉樹瓊枝

落葉的樹木，幾經霜雪摧殘，卸下了綠色外衣，迎著蕭瑟的寒風，伸展出千奇百怪的枝枒，襯以灰暗的長空，展現出另一種闌珊飄逸的美態；幾枚棕色的小繭，孤伶伶的高掛在枝頭，那何嘗不是冬天的果實，待至春暖花開，小小的生命便將破蛹而出，重新編織成一個蜂飛蝶舞的明媚世界。

禿枝裸椏勇敢的挺立在酷寒中，它用整個的生命，羞怯怯、顫巍巍的向冬之神呈獻全部的赤誠；但也傾其全力，奮其勇毅，作無休無止的掙扎與抗爭，雖然滿身裹滿了冰霜，卻秉勢藉機又展現出玉樹瓊枝的美麗面貌，為嚴寒的冬季，憑添另外一種奇特的美感。

用不了多久工夫，枯乾的枝枒在一夜春風中，抖落了滿身冰霜，由枯澀轉變為潤澤，進而冒出鮮嫩的芽苞，一轉眼又還它遍體翠綠，它的堅毅奮鬥過程，真箇是人們最好的借鏡。

惻隱情懷

無須對朔風抱怨，也不必為寒冷所沮懾，正可利用蕭條、淡雅的景象，喚回內心清明澄澈的回憶。也許某一親友正好為饑寒所迫，何妨在別人最需要幫助的時候，來一次「雪中送炭」的義舉，寒冬中的溫情，必定使人倍加珍惜。

在全家圍爐消寒，或呼朋引類雲集大飯館品嚐烤、涮牛羊肉，或坐擁重裘以渡寒歲時，可曾想到那些在冰天霜地中討生活的人；可曾想到為社會的安和樂利，而盡心盡力堅守工作崗位，不畏酷寒摧折的人；可曾想到遭遇挫折或不幸，而急待施以援手的人。倘若能及時的發揮惻隱情懷，這個世界必將變得更為美好。

雖然宇宙之間充滿了一片冷漠肅殺的景象，但是憑恃人們的愛心與善行，未嘗不能使人間世變成溫馨的樂園。

急景凋年

從臘月初八吃完「臘八粥」開始，過年的氣氛便一天一天的濃郁了起來。雪更濃，風更勁，在北方的農村裡，忙著「趕集」採辦年貨的人們，乘坐牛車，騎著毛驢，在雪封的山徑上，印出雜亂的蹄印與輪影；背袋中裝滿了香燭、年畫、食品、衣物、玩具、爆竹等一應年節用品，連番採購，仍然感到缺這少那的始終放不下心來。

冬季天短夜長，宵小乘機出沒無常，農村裡的「連莊會」開始集合起青壯子弟，深夜巡邏，維護冬夜的安謐，都市裡守望相助的崗亭，也在街頭巷尾設置起來。

臘月二十三打發灶君升天，二十四掃屋子，二十五磨豆腐，二十六蒸饅頭，二十七殺雞，二十八宰鴨，二十九打酒，年三十再趕一次集，到了大年初一就專門拜年作揖了。在農村裡新年準備過程，排列得清清楚楚，也忙得不亦樂乎！時代進步，一切不必親自張羅，過年的氣氛也跟著沖淡了不少，想起孩提時代歡天喜地企盼新年到來的心情，不禁令人唏噓不已。

寶島的冬季，儘管高山峰頂積滿了白雪，但在平地上只有薄薄的淡霜，怒吼的寒風與陰冷的雨絲而已，想起故鄉入冬以後的「朔風凜冽」、「白雪皚皚」、「梅香處處」、「圍爐消寒」、「蕭索畫境」、「茅簷日暖」、「寒夜星光」、「玉樹瓊枝」、「惻隱情懷」與「急景凋年」的情景，使人懷念，更使人魂牽夢縈。閉目沉思，兒時追逐在雪地上的喜樂，陪著孀孀回娘家彳亍於山徑上的情狀，爬上房頂掃除厚厚積雪的興致，以及陪伴爺爺奶奶在溫暖的爐邊，享受著家人為老人家特別準備的美食，絲絲縷縷，一點一滴，似乎就在眼前。

淒寒的風雨，灰濛濛的天空，冬天的腳步在那裡呢？

三民叢刊書目

㉖作家與作品　謝冰瑩著
㉗冰瑩書信　謝冰瑩著
㉘冰瑩遊記　謝冰瑩著
㉙冰瑩憶往　謝冰瑩著
㉚冰瑩懷舊　謝冰瑩著
㉛與世界文壇對話　鄭樹森著
㉜捉狂下的興嘆　南方朔著
㉝猶記風吹水上鱗
・錢穆與現代中國學術　余英時著
㉞形象與言語
・西方現代藝術評論文集　李明明著
㉟紅學論集　潘重規著
㊱憂鬱與狂熱　孫瑋芒著
㊲黃昏過客　沙　究著
㊳帶詩蹺課去　徐望雲著
㊴走出銅像國　龔鵬程著
㊵伴我半世紀的那把琴　鄧昌國著
㊶深層思考與思考深層
・轉型期國際政治的觀察　劉必榮著
㊷瞬　間　周志文著
㊸兩岸迷宮遊戲　楊　渡著
㊹德國問題與歐洲秩序　彭滂沱著
㊺文學關懷　李瑞騰著
㊻未能忘情　劉紹銘著
㊼發展路上艱難多　孫　震著
㊽胡適叢論　周質平著
㊾水與水神
・中國的民俗與人文　王孝廉著
㊿由英雄的人到人的泯滅
・法國當代文學論集　金恆杰著
(51)重商主義的窘境　賴建誠著
(52)中國文化與現代變遷　余英時著
(53)橡溪雜拾　思　果著
(54)統一後的德國　郭恆鈺主編
(55)愛廬談文學　黃永武著
(56)南十字星座　呂大明著
(57)重疊的足跡　韓　秀著
(58)書鄉長短調　黃碧端著
(59)愛情・仇恨・政治
・漢姆雷特專論及其他　朱立民著

93 陳冲前傳　嚴歌苓著
94 面壁笑人類　祖　慰著
95 不老的詩心　夏鐵肩著
96 雲霧之國　合山　究著
97 北京城不是一天造成的　喜　樂著
98 兩城憶往　楊孔鑫著
99 詩情與俠骨　莊　因著
100 文化脈動　張　錯著
101 桑樹下　繆天華著
102 牛頓來訪　石家興著
103 深情回眸　鮑曉暉著
104 新詩補給站　渡　也著
105 鳳凰遊　李元洛著
106 文學人語　高大鵬著
107 養狗政治學　鄭赤琰著
108 烟　塵　姜　穆著
109 河　宴　鍾怡雯著
110 滬上春秋　章念馳著
111 愛廬談心事　黃永武著
112 吹不散的人影　高大鵬著
113 草鞋權貴　嚴歌苓著
114 是我們改變了世界　張　放著
115 夢裡有隻小小船　夏小舟著
116 狂歡與破碎　林幸謙著
117 哲學思考漫步　劉述先著
118 說涼　水　晶著
119 紅樓鐘聲　王熙元著
120 寒冬聽天方夜譚　保　真著

⑫1 儒林新誌

周質平 著

本書是旅美普林斯頓大學周質平教授，將其多年在國內外的華文報章上所發表的四十多篇論述雜文結集成冊。書中呈顯出所謂海外學人的千般樣態，嘲諷中不失幽默，值得您細心體會。

⑫2 流水無歸程

白樺 著

大陸知名作家白樺繼《哀莫大於心未死》之後又一本長篇小說。他的書取材是當代的，是改革開放後大陸所面臨的經濟文化與人慾的衝擊。書中的人物如高幹、富商、少女、情婦、歌星等，在金錢的誘惑下，一一呈顯出深沈黑暗而扭曲的人性面。

⑫3 偷窺天國

劉紹銘 著

善人走完了人生路途上天國，會幸福到什麼程度？天國的幸福，會不會只是塵世快樂的延續？在本書作者引領之下偷窺天國的結果，是否會發覺天國的無趣？永恆實在可怕，幸福和快樂如果遙遙無盡期，一樣會變為無聊、乏味。天國，是否就在當下。

⑫4 倒淌河

嚴歌苓 著

屢獲各大報文學首獎的嚴歌苓，繼《陳冲前傳》、《草鞋權貴》後又一本小說新著。內容包括十個短篇及一部中篇〈倒淌河〉。全書無論在寫景、敘事或對話，都極老練辛辣，辣得幾乎教人流出淚來。

⑫⑤ 尋覓畫家步履

陳其茂 著

出國旅行，是許多人心神嚮往的事。而世界各著名的美術、博物館，更是文人雅士們流連佇足之所。與其走馬看花、對大師們的作品僅留浮光掠影，淺嘗輒止；不如隨著畫家陳其茂教授的引領，在其敏銳且情感深致的筆觸下，一起尋覓畫家們的步履。

⑫⑥ 古典與現實之間

杜正勝 著

在古典與現實之間，一幕幕動人心弦的故事正激盪著你我的心。古典的真貌在不斷的探索中漸漸澄澈而透明。而現實的我們且懷著古典的情愫，在史學家杜正勝院士古典新詮的筆下，淺嘗歷史的滋味。

⑫⑦ 釣魚臺畔過客

彭歌 著

北京釣魚臺之盛名，並非全因這片神祕的迎賓貴地，而是在於它的歷史背景。是緣的牽引，將離去故都半世紀的作者引入這神祕的釣魚臺賓館……本書作者以纖細的筆觸，將自己多年飄泊生涯中的聞見感想，一幕幕真實清晰地展現在您眼前。

⑫⑧ 古典到現代

張健 著

涵泳於中國文學數十寒暑而樂此不疲的張健教授，在本書中除用粗筆勾勒歷代文學抽象的思潮外，更以細筆描述陶淵明、杜甫、孟浩然、王國維、魯迅、張愛玲……等文學家具象的風格與作品。篇篇都以作家的詩文為其依據，引領讀者一覽文學之美。

⑫⑨ 帶鞍的鹿

虹影 著

由一幅帶鞍的鹿畫中，牽引出一樁奇異的命案，主角和死者有著什麼樣的糾葛？帶鞍的鹿畫中又暗示了什麼樣的命運？

作者以其深沈的筆調，藉著本書各篇小說，帶領讀者走向人類心靈的深處，去探索深藏於內心的桎梏。

⑬⓪ 人文之旅

葉海煙 著

本書作者以「人鏡」自任，用經世的情、關懷的筆，鏡映出人文百態。全書集結作者對自我、社會和文化等面相的諸多觀察及反思。一字一句，皆為知識分子的圓融智慧與淑世熱忱；一言一語，盡是紛乘社會的暮鼓晨鐘。

⑬① 生肖與童年

小民 著
喜樂 圖

十二生肖在每個農曆新年來臨時，都為年節的歡樂帶來一股高潮。這些可愛的動物們，為童年的生活增添了無限的趣味。本書紀錄了作者對於十二生肖的情感，和童年難忘的美好時光。加上喜樂先生細膩的插畫，讓生肖與童年的故事，一一鮮活起來。

⑬② 京都一年

林文月 著

京都是一個新舊互容的都市，有著高樓矗立及寬敞的街道，又存有古典風味的低矮木屋與不平的石板路。作者在京都的一年中，品味著這古都對文化保存、人情往來及文藝活動的諸般樣態，藉由她的生花妙筆，使讀者沈湎於京都典雅、優閒的情調。

⑬³ 山水與古典

林文月 著

山水景致，勾起了幾許文人的多愁善感；而古典文學，又蘊含著多少古人的人生情懷。本書探討著古典作品和詩人之間的關係。筆調輕鬆而不輕浮；題材古典絕不枯燥。且邀您一同進入詩人的筆墨之間，翱遊在山水作品的世界裏。

⑬⁴ 冬天黃昏的風笛

呂大明 著

旅居法國的作者呂大明女士，以其一貫典雅柔美的風格和精致細膩的筆觸，表達出她對生活、自然的樂觀態度。她如詩般的作品，仿如一幅幅精美瑰麗的圖畫，靜靜地訴說著對美好人生理想的浪漫情愫。

⑬⁵ 心靈的花朵

戚宜君 著

本書作者一生從事文化的傳播工作，積累數十年的工作經驗及閱讀習慣，創作出一篇篇詞美意深的勵志散文。除了用以傳達理性的知識和感性的情懷外，並深切期望本書能敲開你的心扉、溫暖你的心靈，進而耕耘你的心田，綻放出美麗的心靈花朵。

⑬⁶ 親　戚

韓　秀 著

人間真情不分種族國界；世間的溫暖存在每一角落。在有風有雨的日子裡，亦或在恬淡如鏡的歲月中走過，是否有如詩般美麗的故事令人難以忘懷？是否忘了去感激那些曾經陪著你、關懷你的人呢？靜下思慮，就讓韓秀的慈心慧語洗滌你久未感動的心。

⑬⑦ 清詞選講

葉嘉瑩 著

清詞之盛，號稱中興，其作者之多、流派之盛，以及其對詞集之編訂整理，對詞學之探索發揚，種種方面之成就，固已為世所共見。作者以其豐富的文學涵養，旁徵博引地賞析其所鍾愛的清詞，相信定能讓讀者流連忘返於清詞的世界中。

⑬⑧ 迦陵談詞

葉嘉瑩 著

本書為以詩詞涵養享譽國內外的葉嘉瑩教授，繼《迦陵談詩》之後又一精緻力作。從詩歌欣賞入門到分析溫韋馮李四家詞風，兼論晚唐五代時期在意境方面的拓展等，作者以其細膩的詩心，帶領讀者一起感受詞中的有情天地。

⑬⑨ 神樹

鄭義 著

曾以《老井》獲東京影展最佳編劇的作家鄭義，在因八九民運遭當局通緝而流寓異國之後，他以一個村落、一棵「神樹」，具體而微地映現當代中國的重重劫難。形象化的語言，原始潑辣的書寫，在魔幻詭麗的背後，透露出對生命與死亡的真實關懷。

⑭⓪ 琦君說童年

琦君 著

每個人都有童年，不管是苦是樂，回憶起來都是甜美的。善於說故事的琦君，與您一起分享她魂牽夢縈的故鄉與童年。篇篇真摯感人，字裡行間充滿了愛心與情義，在欣賞琦君的散文之餘，更別有一番溫馨感受，是一本老少咸宜的好作品。

⑭ 域外知音

張堂錡　著

本書作者張堂錡先生歷年來針對世界各國知名漢學家進行訪談，透過感性的筆觸，生動的文字敘述，道盡了這群域外知音漢學研究生涯的甘苦，因這一路執著不渝的採拾和耕耘，呈現繽紛絢麗的色彩，並給予中國人新的研究觀點，重新檢視自己的文化。

⑭ 遠方的戰爭

鄭寶娟　著

當地理上應該是遠方的戰爭，而我們已能同步掌握其狀況時，地球村的思維方式已不是口號，而是現實。以更宏大的視野看待這世界，以更深入的態度反省既存的觀念，將曾經事不關己的遠方納入思維，於是你會發現心可以更寬廣，生活也會更豐富。

⑭ 留著記憶・留著光

陳其茂　著

作者的刻畫世界總讓人有無盡想像的空間，又傳遞著溫馨美麗的情感。此書收錄作者生活及其於國外遊歷時所記下的作品，點點滴滴，時而讓人會心一笑，時而讓人溫情滿懷，更有異國風光、園野之美呈現在版畫及真摯的文字裏，值得細細品味。